文學讓喧囂安靜，讓失靈的剎車緩停。
是閱讀，伴我度過了生命中最寒冷的冬夜。
是書寫，讓枯索的日子變得有味道……。
是文學，讓我沉重的身心有了片刻的輕逸，舒展，自由。
也有了一片扎實的大地。

中國女性文學獎得主

曹明霞

中短篇小說集

母親陛下

「貓空—中國當代文學典藏叢書」出版緣起

當代中國從不欠缺動盪的驚奇故事，卻少有靈魂拷問的創作自由。從禁錮之地到開放花園，透過自由書寫，中國作家直視自我，探索環境的遽變，以金石文字碰撞出琅琅聲響，讓讀者得以深度閱讀中國當代文學的歸向。

秀威資訊自創立以來，一直鼓勵大家「寫自己的故事，唱自己的歌，出版自己的書」，主張「不論任何人、在任何地方、於任何時間」都可以享有沒有恐懼的創作自由，這正是我們要揭櫫的現代生活根本，也是自由寫作的具體實踐。

期待藉此叢書，開拓當代中國文學的視野版圖，吸引更多中國作家投入寫作，讓自由世界以華文書寫的創作，中國作家的精采故事不再缺席。

「貓空—典藏叢書」編輯部

二〇二二年九月

推薦序

凝視女像——曹明霞的小說世界

林美琴
作家／讀寫培訓講師

女性生活處境與心路歷程是許多女性作家寫作的題材，而中國當代女作家曹明霞是箇中翹楚。她是中國女性文學獎及多項文學獎項的得主，擅長描寫各種女性角色，在她的小說裡大篇幅書寫女性生活樣貌，並以出色的女性生存景況洞察及幽微的心境剖析受到關注，被譽為是「最本色的女性文學」。

多年來，曹明霞勤於筆耕，這次在釀出版（秀威資訊）出版的《這個女人不尋常》、《說來話長》以及《母親陛下》三本書，收錄了近年來的中短篇小說創作，這些小說裡，以諸多女性的角色接引家庭、婚姻、愛戀、工作等現實生活的酸甜苦辣、悲歡離合。在各篇小說的場景裡，各式女子一一出場，有的顯赫，有的耀眼，有的卑微，卻總也逃不過在生活沼澤中的掙扎：或是自身想望的追尋與幻滅，或是家庭親情的羈絆與糾葛，或是婚姻的磨合或湊合，或是生兒育女的辛酸與煩憂，或是職場與人際關係裡的攀比或較勁，或是人情世故的進退與算計……。小說裡呈現了人生百態，也寫盡了在生活浪潮顛簸中的女性，歷經時光淘洗，不僅是身處滾滾紅塵的滄桑，還有一輩子拼搏也無法抵抗歲月風霜的美人遲暮，如同三部作品裡多次出現、曾經是戲子的女性角色，從戲劇到人生舞臺，聚光燈明明滅滅，斑駁的生活是小說的基調，而讀者隨著情境一路前去，在各個角色進退維谷的處境裡，咀嚼著作者在字裡行間的人生境況透視和內心暗流剖析，有如小說〈擊鼓傳花〉裡五味雜陳的人生滋味——不只是紅糖水味，還有汗味、競技場上發令槍的火藥味……，在風起雲湧的小說情節裡一再演繹著作者的人生洞察：「奮力活著之後，終究要妥協的將生命交給運氣與命運」。

每篇小說裡的人生行旅各自走著不同的風景，也來到各個沒有標準答案的結局，或者如〈今生緣〉裡的三姊妹，各自在自己的信仰裡叩問著人生；或是〈婚姻往事〉裡的亞光關於「不老蒼天和不幸人間」的領悟，在人世尋求淡定與妥協，只為現世安穩：或者是小說裡諸多人物回首如百孔千瘡礁石的過去，卻也只能繼續在生活迴圈裡浮沉；也或者就定格在無奈的情境裡，讓讀者的思緒繼續迴盪，臆測著接下來的命運；或是如〈婚姻誓言〉裡荒謬又苦澀的死亡結局，也有在〈母親陛下〉裡，看似被養兒育女磨蝕的女性，卻是快樂的母親，丈夫、孩子成就了她的國，而她是那國的王……。

曹明霞不設限的小說結局反映人生的無解或無常、無從捉摸也沒有標準答案，也更深刻回應著人生的課題，在個體的命運與家庭婚姻相互羈絆拉扯中，有的選擇寬宥與諒解；有的在迷惘裡，依然奮力尋找著生活的新方向；舊時代女性的身不由己，新時代女性的不認命，在家庭與婚姻裡堅持著自我實現的懸念，這些林林總總新舊時代交替或是境遇變遷的情感衰變或進退兩難，在小說角色的種種抉擇裡，也讓讀者思索著人生的出路。

從這樣的小說風景裡，我也想起了諾貝爾文學獎得主露伊絲・葛綠珂，她在寫作中有了這樣的領悟：

> 玫瑰不只是眾人渴羨的美麗花朵形貌，那蟲蛀或青綠的葉片、帶刺的枝幹也都是玫瑰的一部分。

世人渴求著功成名就、如花美貌的幸福美滿，卻忽略了挫敗、衰老也是人生的常態，所以她書寫生死並存、悲歡共舞、無常如常的各種生命形貌，希望讀者也能在浮沉世間通透人情，接納生命的實相，因而豁達，從而療癒。同樣的，凝視曹明霞小說世界裡的女性群像，從無憂青春、酸甜愛戀、婚姻經營、孕育兒女、家庭關係、職場處境等等的世俗描寫，也刻劃了人生多元的悲歡實相，在她事理人情的洞見裡，賦予了濃厚的悲憫情懷，也期待著讀者得以通透世情，獲得救贖與慰藉，尋找前方的光亮。

曹明霞曾經說：「黑夜捱久了，人們會渴望光。囚籠困久了，誰都嚮往自由。荒原，苦苦跋涉的人們，一定期盼腳下，能走出一條路。我，亦然。」這是她鍾情於文學創作的初衷，以及寫下這一篇篇小說的動能，如同她也曾經提及文學拯救了她——

> 遼闊的閱讀和寫作，讓沉重的身心有了片刻的輕逸，舒展，自由。也有了一片扎實的大地。

這撫慰她性靈的文學良藥，也讓她有了虔敬之心，以誠懇的筆觸寫盡人間煙火，也因著筆耕，開闢一條生命的出路，並且也希望讀者在閱讀這一篇篇小說時，應允她的期許：「文學讓喧囂安靜，讓失靈的剎車緩停。」在小說裡閱盡浮生，拾得一份通透，在浮生煙硝裡也能看見煙火般的絢爛與溫暖。

母親陛下　010

目次

鐵驪鎮

1

賈永堂敲著噹鑼——「勤勞奉仕了，勤勞奉仕了，各家各戶聽好了，勤勞奉仕啦！——噹——噹！」

三嬸子說：「這養漢老婆[1]養的，又催命。奉仕、奉仕的，不就是白使喚人嘛。」

三嬸子正坐在炕上抽煙袋，眇著一隻眼睛，癟嘴吧嗒有聲，煙鍋裡的煙絲兒隨著她的吧嗒聲，暗暗明明。她罵賈永堂「養漢老婆養的」，賈永堂是甲長，罵人家媳婦金花，「養漢老婆」——如果從輩分上論，她肯定是罵錯了，他們倆是夫妻，她又不是他的媽，怎麼就成「養漢老婆養的」了呢。這樣隨心所欲地罵，是三嬸子實在看不上他們兩口子。賈永堂總替日本人傳信兒，也算報喪，這個「勤勞奉仕」，就是讓她剛剛十六歲的兒子，要去白白服三個月的苦力，她不願意，她很心疼。

「『養漢老婆』、『養漢老婆』的，你天天嘴這麼欠，讓日本子聽見，拿去，非給你吃一頓大寬麵條子不可。」三叔小聲但牙關緊咬地說。「吃一頓寬麵條子」，即是被憲兵所抓去，用大板子狠狠抽一頓。如果言論上再胡唚，也可能送「思想矯正院」。送到思想矯正院的，多是男人，通匪、通共的。像三孀子這樣的老婆子，一般是打一頓了事。

「我不是心疼那兩個癟犢子嘛。」三孀子說。她的癟犢子，指的是兩個親兒子。侄子慶山去年服奉仕役，回來累成了大眼兒燈；今年，該輪到親兒子慶路了。

這裡是滿洲，呼蘭河邊的一個小鎮子，因為一匹有功的戰馬，黑色閃電一樣，立下過赫赫戰功，而得名——鐵驪鎮。皇帝叫溥儀，他多數時候聽日本人的。朝鮮人、蒙古人、滿族人、日本人，和中國人，還有錫伯、鄂倫春，幾十個族群，混血而居，但日本軍方主要挑了五大族，他們的口號是：「五族協和，大東亞共榮！」

溥儀同意這個意見，他讓中國的老百姓，也這麼幹。五年計畫、農業發展綱要、青年訓練所、壯年男丁輪流服「勤勞奉仕」役，等等等等，都是大東亞發展共榮的舉措。賈永堂邁著他的肥襠大棉褲，不時地用手悶子[2]，到鼻子上杵一下——數九[3]寒天，鼻子凍成了擺設，不及時活動，進屋一扒拉能掉下來。老賈壯碩的身板，像黑熊，大棉襖、大棉褲糊在身

1 養漢老婆：「養漢」在東北為女子出軌之意，「養漢老婆」即為出軌的妻子。

2 手悶子：冬天帶的一種防止手凍保暖用品，只有兩個指頭，為了方便靈活，大拇指單獨一個指套空間，為了保暖，其他的四個手指一個空間。

3 數九：俗稱冬至後九九八十一天後方春風送暖，寒意全消。故自冬至起稱為「數九」。

上，更像肥碩的笨熊。冬天的鐵驪鎮上沒有幾個行人，老賈拎著堂鑼，走幾步敲一下，走幾步敲一下，步履緩慢，身體沉重。雙腳都凍木了，走上一會兒，要身體整個向上一躥高兒，雙腳離地蹦幾下，活動活動快不會走道（走路）的兩腿，嘴中咕噥：「老天爺，算你尿性[4]，硬是把天整成了冰窟窿！」

2

三嬸子家，一盞煤油燈，暗如豆。幾個孩子圍在桌前，三嬸子倚在牆角抽煙。賈永堂在外面吆喝一聲，她「嗞兒」地向外吐出一口，唾沫射程很遠，飽含了她對外面叫魂兒催命的痛恨：「勤勞，奉仕，說得挺好聽，不就是讓傻小子們白給他們幹活嘛！日本子都不是人揍（人操）的，他賈永堂，更是個漢奸！」

「『日本子』、『日本子』，我看你早晚得讓欠嘴和腦袋一塊搬了家！」三叔輕輕但是狠狠地礅了一下他的小酒盅。酒盅沒有拇指高，左手酒盅，右手一粒兒鹽，嘬一口，喝一口燒酒，三叔的一粒兒鹽已經下酒幾個月。飯桌上清湯寡水的土豆湯都沒有鹽滋味，喝一口直犯噁心。橡子麵餅子[5]，硬得像石頭。日本人不許老百姓吃白米飯，常常突擊檢查，誰家桌上有白米飯，是「反滿抗日」的罪。

「不給勞金，白讓幹活，就不是娘養人揍的！」三嬸子倒是硬，她「咕嘰」滋出一口唾沫，磕了磕煙鍋兒，眇目鄙夷地睃了一圈空氣，說：「我管他日本子還是漢奸。」

「娘，今年我去。聽說，奉仕隊發勞保，那衣服可扛穿了。白麵大饅頭，也管夠兒造[吃]！」慶路舉著手裡的橡子麵餅子，咬一口，在嘴裡倒半天，難以下嚥。沙子一樣的東西，即便強吞下，第二天、第三天、第四天，都屙不出屎。

三嬸子煙袋桿兒比她的胳膊還長，聽慶路這樣說，輪圓了朝慶路的腦袋刨去。一個炕上，一個地下，刨只是嚇唬，那煙袋鍋兒是銅頭的，真刨到腦袋上，如錘子敲了雞蛋。親兒子，她哪捨得真刨。這一掄，虛刨，一鍋煙灰在土屋內飄灑，煙鍋也空了。慶路熟練地躲開。三嬸舉著煙袋，侄子慶山有眼力勁兒地趕緊給她抩[6]上，湊油燈過去點燃。三嬸子罵：「沒出息的王八羔子，就知道吃、吃，還『白麵大饅頭，管夠兒造』。你咋不說，人家把你

---

4 尿性：中國東北方言，褒義詞。一般在善意的調侃中出現，形容一個人在某方面很厲害或辦事能力很強，意同「牛逼」。

5 橡子麵餅：以橡實磨粉後製成的麵餅。

6 抩：把煙沫摁到煙鍋裡。

當騾馬使，使喚死你們呢！——就圖那口料，還不如好的大牲口兒呢！」

「牲口不牲口的，反正比餓得前腔貼後腔強！」慶路一梗脖子，摔下手中的麵餅子，說：「這破玩意，牲口吃了也照樣屙不出屎。」

「哥，飯桌上總屎、屎的還讓不讓人吃飯了？」妹妹玉敏細聲細氣，她瘦黃的小臉長滿雀斑，頭髮枯乾地打著綹兒。手中的橡子麵餅，她也吃不下。聽慶路這樣說，她更吃不下了。

三嬸子家開著大車店，長年破破爛爛，家裡這攤子，是侄子慶山撐著。姑娘玉敏，才十二歲。這幾年兵荒馬亂，又是關東軍又是少年訓練隊、抗日山林隊，還有土匪，歇腳的越來越少了。滿大玹，也見不著幾個人。一家人的吃喝拉撒，全靠著慶山。慶山是三叔的侄子，從小沒了爹娘，在叔嬸家長大。三嬸子喜歡抽，三叔喜歡喝，一抽一喝，日子像兩個坑，怎麼也填不起來。慶路跟堂哥只差了兩歲，可他還像個小孩子，每天袖口鋥亮，那是抹鼻涕抹的；一說話，還吸溜鼻涕。三嬸子罵他白吃飽兒，他不服，說：「這天天三根腸子閒著兩根半，肚皮餓得前腔塌後腔。即使挖大渠、種大地，當牲口使，也比餓死強啊。」

「我願意去！」他又說。

他弟弟慶海，才十四歲，也跟著說：「我也去！」

「啪嘰！」——三嬸拿起腳邊的線梭子，像飛出一支鏢，扎向了桌上兩個為了吃而願意去當牲口使的瘸犢子。慶路偏偏腦袋，慶海動了一下肩膀，躲這個他們有經驗。別說線梭子，就是煙袋鍋兒，又有哪次能成功刨上呢？鏢落地，慶山放下碗，去撿起來，吹了吹上面的灰，放回三嬸的腳邊。三嬸一伸小腳，想把針線笸籮給踢翻了。慶山手快，又救起針線笸籮，把它舉到離三嬸子遠些的櫃子上。一笸籮的手邊武器，算暫時安全了。

鐵驪鎮的村公所，每到臘月，要先擼一遍國兵。那些長得標標（挺拔）溜直兒的，小夥子有文化、家境也好的，會被挑去當國兵，服國兵役。國兵役待遇高，吃得好也穿得好，出來就是軍官。三嬸子家的慶山、慶路，去年都驗過國兵，沒去成。他們個子矮小，面目也不英俊，鄰居崔老大說他家是黃皮子[7]下豆鼠子，一窩兒不如一窩兒。三嬸和三叔都是小個子，「個子小心眼兒多，心眼兒把個兒墜住了。」鄰居們這樣說。

沒被挑走的，叫「國兵漏子」，這些人接下來要編入「勤勞奉仕」隊，冬月訓練一陣子，春上，就拉走了。工廠、礦山、機場，還有一些搶險救災的，哪兒危險、艱苦，他們上哪兒。「奉仕役」一般分三年服完，每年幹三個月，常常是不等三個月幹完，人就累死了。也有超期的，三個月不放你走，幹四個月、半年，最後有些人逃跑了，還有一些，成了白骨。

7 黃皮子：即黃鼬子，外形像黃鼬。中國華北分布較廣，現已絕跡。身體大於貓小於狗，比狸子大，能吃貓、狗。常築穴於土崗，有幾個出口。

「勤勞奉仕了，勤勞奉仕了，今年的歲數放低，夠十六的，統統報名。一家出一個，不出的，按反滿抗日論處！——噹——噹——」賈永堂凍木的嘴巴，四周是白花花的霜。他打算這趟喊完，就回家了。

「看著沒，十六的都讓出工了。再這麼整下去，開襠褲的孩子都跑不了了。」三叔說。

「咋不讓他自己的兒子去呢？養漢老婆養的都不如?!」三嬸子咒道。她恨賈永堂，也恨他媳婦金花。金花開著小賣鋪，賣醬油，賣大煙，也叫福壽膏。三嬸子還懷疑她賣大炕，金花跟日本人有來往。金花這女人不知咋整的，瘦瘦的身板，羅圈著腿，一笑，小臉大嘴的她，一臉的牙。三嬸子實在是瞧不出她哪點兒招人稀罕，可就是手面大，在哪兒都吃得開。丈夫當著甲長，兩個兒子，一個山林隊警察，一個鐵路警，都是鐵驪鎮手中有權把子的人物。三嬸子罵金花「養漢老婆」，主要是衝她的本事罵的，不養漢，哪來那麼大的能耐？這種罵法，有點愛恨交織，內容遠比「破鞋」廣闊。在鐵驪鎮，被人罵「破鞋」的，頂多是有一兩次簡單的男女關係；而「養漢老婆」、「養漢精」，那可不是一般所指，含義大了去了，幾乎任憑想像，遼闊無邊。

慶山遞上一碗稀粥，一塊橡子麵乾糧。三嬸子三鍋煙都抽完了，抽煙不頂飯，三鍋煙抽完，是該吃飯的信號。可三嬸子也不想吃這難以下嚥的糟食。三嬸子說：「放那吧，豬都不吃的老硬麵兒，我也吃不下啊！」

「娘你天天抽，我爹天天喝，就是慶山哥再能幹，咱們家也趕不上小滿桌兒她家，也吃不上白麵。」玉敏常為這個能幹的堂哥抱不平。她坐在四叉小木凳上，凍皴的小手捏著餅子，咬不動，小小的口痕鼠嗑的一樣。「滿桌兒家不但頓頓有白米飯，還天天有狗肉、辣白菜，可好吃呢。」

「臭丫頭片子，還敢管我來了？有能耐，你早點出門子去，嫁漢子去，有了婆家，跟婆家要好日子去！」三嬸的眇目有笑意。東北人管女兒出嫁，叫出門子。

慶路說：「不去奉仕，就上山。反正不能天天這樣前腔貼後腔了。太對不起我的腸老肚兒了。」

看兒子要上山當土匪，三叔「哐」地又礅響了他的小酒盅，一雙小眼睛搧翅膀一樣快速地眨嘛（眨巴）了很多下，罵：「吃吃吃，就知道吃，我咋養了你們這些沒有志氣的癟犢子！白吃飽兒！」

慶路和慶海一起歪著腦袋望向他們，每天都吃不飽，為什麼還天天罵他們「白吃飽兒」？慶海舉著的餅子，半天也咬不上一口，像拿著一件工藝品。小小的年紀一張蒼白的臉，臉上瘦得只剩下了眼睛，三叔也常罵他們「大眼兒燈」。

「家家都趕緊地核計核計啦，核計好嘍，明早五點，麻溜兒的，南粳大河灘集合。誰家也別躲，躲奉仕役的，要蹲笆籬子！——噹——噹——」

笆籬子，是鐵驪鎮人對監獄的叫法。

「還傻瞅，這回，想不去都不行了！」三叔「噗」地吹滅了桌上的煤油燈，「吃飯還照什麼亮兒，也吃不到鼻子裡去。天天點燈熬油的！」燈滅了，一屋子死寂。有吸溜粥的聲音。

3

賈永堂向家走，整條大街，只有一盞路燈，把他的影子拉得老長。快走到電線杆跟前時，他聽到雪地上似有水落的聲音，很輕，很稠，「嗒兒」的一聲，像落葉。緊接著，滴滴答答，密集起來。賈永堂快走幾步，昏黃中，已凍得不好使的鼻子，還是聞到了血腥。泥汙的雪地上，血滴濿濿落下。再往上看，一籃子的人頭；其中一個單獨掛著，長長的臉，一把頭髮當成了綁杆上的纓繩。

賈永堂嚇得差點沒叫出聲，他一下子就不像熊了，身段如一隻狐狸，轉身就向家飛竄。

厚厚的棉門簾，賈永堂「哧溜」一下鑽進來。媳婦金花正從廚房端盤子出來，一見，趕緊摟下手中的盤，上去為丈夫撲打滿身的霜。賈永堂扔下噹鑼，急急地問金花：「東烈，東烈，東烈這段沒信兒吧？」

「不是前一陣子，說他們鑽山了嘛。在山上也好，說那林子密，大冬天的飛機都找不著。」金花愣愣的，看著丈夫。

金東烈是金花的弟弟，朝鮮人。

賈永堂磕著牙說：「我剛才，看見，電線杆子上，那個，像他。」

「真的？」金花一下子白了臉。她接過賈永堂的手悶子，放到爐子火牆上烤。每天丈夫回來，幫他烤鞋，烤手悶子；現在，她的手一哆嗦，手悶子掉到了地上。她撿起來，再放上，抬眼問丈夫：「你，看清了？」

「像，像，我哪敢多停。」賈永堂跺著腳，這天冷得太邪乎。

金花眼淚掉下來了，她兩手抓住圍裙，一屁股坐到炕沿兒上。去年，就砍過一筐了，人頭和身體分離，那人臉，就長得不像原來了。日本人，保安隊，殺雞嚇猴，砍了人，頭掛到高高的電線杆子上去，身子，凍得木頭棒子一樣，柴禾般垛成垛，開春時呼蘭河一化，都推進河裡。大冬天的，沒人埋，地太硬，刨坑沒人出得起那個力氣。當地人說那些鬼魂根本沉不了底兒，都變成了雪花，到處飄著。天這樣嘎嘎冷，冷得邪乎，就是冤魂太多呢。

賈永堂脫下他的大頭鞋，坐到金花身邊——這麼瘦小的女人，一把就摟進懷裡。賈永堂說：「是，咱們也不能去。現在他們等著的，就是抓後面的。」

金花垂著腦袋，無力地點點頭，像一隻瘟了的小雞。

滿桌兒從裡屋出來，金花趕緊擦掉了眼淚。她推丈夫往炕裡坐，賈永堂盤起了雙腿，炕上的小飯桌，早已放好。一壺燒酒，也已燙熱。金花支使滿桌兒去拿辣白菜，她掀開蓋著的一盤土豆絲，給丈夫倒酒，說：「今天，我也陪你一塊喝。」

「中朝、中滿呢？他們都沒回來？」賈永堂望向屋裡。

中朝、中滿一個在山林隊當警察，一個是鐵路警兒。從前，金花的腰桿兒很硬，現在，隨著筐裡的人頭越砍越多，她的腰桿兒，也開始彎彎了。賈永堂說：「這一通鑼敲下來，後脊梁骨快被戳折了。」

「咱沒做虧心事，不怕鬼叫門。」金花說。

「老洪家，那個三嬸子，不定用那獨眼兒，咋剜我呢。」

「小腳老婆子你不敲，她也會剜。一隻眼睛都瞎了，再剜，另一隻早晚也得完。」

「唉，這世道。」賈永堂嘆氣。

「活著吧，能活下去，就是勝利。」金花舉起了酒盅兒，她目光渙散，心神不寧。弟弟犧牲了，兩個兒子，還讓她提心吊膽。和丈夫喝酒壓驚，心裡籌謀著，什麼時候，怎麼能不被保安隊發現，把弟弟弄個全和的屍首。

「世道越來越不太平了。」賈永堂夾了一口菜，說。這時候，滿桌兒端著那盤辣白菜走了進來。金花對賈永堂說：「開春兒，滿桌子也該上學了，我思謀著，這兩天，去給她改個名兒，叫賈中日，怎麼樣？」

她是跟丈夫商量，可滿桌兒聽了個清清楚楚。她說：「我不叫賈中日！要叫你叫！」說著把那盤菜像扔鏈球一樣，掄圓了向他們的桌上扔去。稀里嘩啦，一盤菜灑得他們滿身都是，盤子打了。金花怒喝：「小丫頭片子，你懂什麼?!」

滿桌兒轉身走，嘟囔說：「你懂，你還天天腆臉說吶，人家罵你們什麼都不知道。『高麗棒子，大褲襠，吃狗肉，喝尿湯。』『和二鬼，有一腿，假積極，糊弄誰！』」

金花追上來，一個嘴巴子烀到滿桌兒臉上，打得她陀螺一樣轉了個圈兒，小臉兒都紅了。她憤怒地看著母親，然後，兩隻小手去抓剛扔飛的辣白菜，當回擊的武器，一把一把擲向金花，說：「我讓你起，讓你起！中朝、中滿都讓人笑掉大牙了，說你們漢奸呢，還給我改，賈中日！你能不能知道點砢碜呢！」滿桌兒的兩隻小手沾滿鮮紅的辣椒汁，像沾著兩手鮮血……

「這孩子，脾氣真藏性（暴躁），不怪七月十五生的，鬼托生！是鬼！」金花哭了。

4

早晨，南綆河灘，一輛大卡車，兩邊的車幫上拉著橫幅——「五族協和，大東亞共榮！」一面是：「勤勞奉仕，為國效力光榮！」一條木桌，上面有花名冊，唸到誰家，誰家的人上去摁一個手印。賈永堂跺著腳，很多人也都跺著腳，再或用兩腳互磕，天實在是太冷了。每個人的臉上，都白花花的，呼出的熱氣，瞬間成了霜，掛在唇鬚上、帽簷上、眉毛上。只有一個日本人，坐在條桌旁，威嚴地看著自己腳前的狗。旁邊的協和會長崔老大，維持著，講解著。賈永堂摘下手悶子，負責往冊子上寫人名。他寫一行，就凍得把手到嘴上哈哈熱氣，抄到手悶子裡，再抽出來，寫。

三嬸子一家子都來了。慶路報了名，三嬸子捨不得，也得報。一家子來，是送行，也是看熱鬧。鐵驪鎮呼蘭屯，一年四季也沒什麼熱鬧看，原來還有薩滿，跳大神的。後來，日本人不讓跳了，說支那人，裝神弄鬼。在這個世界上，只有一個神，就是他們日本的，天照大神；別的神，都是人造的，不許再弄。這樣，就只剩下一個熱鬧了，河灘上殺人。再或，徵兵、送兵。

玉敏和滿桌兒站到一起，滿桌兒問：「慶山哥怎麼沒來？」玉敏說：「給老板子們鍘草呢。」正說著，她家的大黑跑來。大黑是土狗，平時頂半個人用，能上山拉扒犁、拉燒柴。牠跑來，慶山也就來了。滿桌兒熱巴巴地叫了聲「慶山哥」，金花聽了，瞪她一眼，論輩分，她是該叫慶山叔叔的。因為她媽媽金花，管三嬸子叫嬸子呢。

所有的人集合，站隊，賈永堂點名。然後，崔老大按照上面的要求，宣布〈勤勞奉公十訓〉，教大家唱了一遍〈勤勞奉公〉歌兒。最後，每人開始發勞保，土黃色的粗布衣褲、白毛巾、白綁腿帶、一雙黑膠靴，還有一隻小水壺、一疊白麵餅。慶路持著，當即拿出一張餅子吃下去了，臉上露出燦爛的笑容——「好吃。」勞保用品，也喜歡得愛不釋手，從小長大，還沒穿過一雙囫圇的膠鞋。他的樣子，讓三叔、三嬸很不滿意。三嬸拿那隻眇目狠狠地剜了他一眼，三叔也眨嘛著小眼睛，心說：「等著吧，吃寬麵條子的日子在後面呢。」

好像聽到了他的命令，那個拎棍子的二狗子，「啪啪」就給了慶路兩棍子，更生布[8]的棉襖本來就不結實，兩棍子，抽開了花。

8 更生布：特指偽滿時期利用廢舊物品織成的布。用破棉絮、廢舊棉花、破衣服等破爛纖維，經過水洗，重新紡織成粗線，再織成的粗布，有的是用植物秸稈的纖維織成的，美其名曰「更生布」。

傻了眼的慶路不明白這兩棍子是為什麼，眨著眼睛一臉懵。

「誰讓你現在就吃？餓死鬼托生的。」二狗子說。

他家的大黑，呼地衝上去，一口咬住了拿棍子的手，晃著頭想把他撂倒。崔老大和賈永堂，同時驚懼。桌旁的那個日本人叫武下，他鬆了狗繩，腳旁的狼狗「嗖」地就躥過來。大黑狗不是個兒，被牠撲倒了；但大黑狗頑強，一撥浪腦袋站起來，反咬。武下開槍，大黑狗「嗚」的一聲悶叫，倒下了。

熱血咕嘟，咕嘟，雪地上頓時小井一樣打出了一個坑。

三嬸子撲上去，抱住狗哭：「你們這幫養漢老婆養的呀，太欺負人了，連狗，也欺負我們的狗。嗚嗚嗚……」

車開拔了，看熱鬧的人們散去。三嬸的煙袋鍋，滅了，她提著它，像拖著一根細拐杖。大黑狗被慶山拉回家，想把狗埋了。三叔說：「死也死了，扒了皮吃肉吧，狗皮褥子還隔寒。」慶山看三嬸，三嬸也沒有不同意見，慶山悶悶地，說：「要扒找人扒去，我下不去手。」說著，又去鍘草了。

5

一塊白木板，上面用紅漆寫著「昭和區柳西屯報國農場」。一趟趟的平房，南北大通鋪，牆上寫著「日滿精神如一體」、「日滿一德一心」等標語。早晨，天剛亮，一聲長長的哨響，通鋪上的人，被電一樣彈跳起來，「嗖嗖嗖」，速度極快，邊跑邊穿好了衣服、鞋子。一排排刀切出來一樣的方陣，才三個月，這些人，已訓練得機器人一樣了。站不直的，挨打。背不出〈勤勞奉仕公訓〉的，吃「寬麵條兒」。慶路渴望的豬肉燉粉條、白麵大饅頭，是給隊長們吃的。一千多人，分成了六個隊，只有一個日本人武下。隊長、分隊長、支隊長，還有最小的，管慶路他們的，叫「不寢番」，只有這些人，才能吃豬肉、白麵饅頭。

慶路他們每天，棒子麵窩窩頭、白菜湯。超負荷的勞動、軍訓，讓慶路更瘦了，站在那像一根細棍兒。他跟大夥站好，背誦〈勤勞奉仕公訓〉，唱〈勤勞奉仕〉歌兒，只嘎巴嘴，不出聲兒，省力氣：「天地間，有了個新滿洲；為他流血，為他流汗，我們願意在報國農場寫下壯麗春秋……。」

慶路嘴上嘎巴著，心裡，每天都在計畫著怎麼跑、怎麼逃掉。跑回家去，回家吃橡子麵，有了力氣，上山，找山林隊，打日本人，報仇。

這是他目前唯一的心思。

6

三嬸子坐在小板凳上搬著玉敏的腦袋給她抓蝨子。三嬸子屠殺蝨子的方式是捉住牠們，填進嘴裡，「嘎嘣」咬死。別人家的母親，抓住蝨子多以拇指甲蓋斃之，而三嬸子，更願意吃其血、啖其肉。玉敏的頭被摁得越來越低，頭癢，她也不願意被母親這樣地捉；對付蝨子，她有她的辦法。她說：「娘，不抓了，一會兒我自己整。」

三嬸把她的腦袋往起提了提，幾乎是薅著頭髮。「這不抓咋行？都這麼大的個兒了，還是母的，得下多少蟣子？你自個兒看看，那白碴碴的蟣子都成溜兒了，不抓下來，幾天就把你的血喝光！看你小臉白的，慘白，還有點血色兒沒有？你自個兒去照鏡子看看。」

玉敏用兩手的手指當梳子，攏巴攏巴，擰起一個辮子，說：「我知道了，蝨子我能整。眼巴前（眼下）的是咱家這院子、屋裡、鍋臺，都得整淨呢。整不淨，一會兒崔老大、賈胖子他們來了，還不得又說罰款又整義務勞動的？」

「他敢！」三嬸子抓過她的長煙袋，向地上扣了扣。煙葉子都斷頓兒好幾天了，沒有煙抽，她整天打哈欠。日本人規定，家家都要大搞衛生，鍋臺、牆縫兒，不許有蟑螂，院內不能有雞屎、鴨屎、豬糞什麼的，否則，罰款，抓去勞動。

這時，小滿桌兒跑進來，她的懷裡抱著一小捆煙葉，一看就是從她娘小賣鋪偷的。她說：「三嬸子，三嬸子，我給你送煙來了，你抽吧。」

三嬸子那隻眇目都笑了，看見煙，比什麼都親。

有了煙，三嬸子踮著小腳去炕上抽煙去了。玉敏說：「滿桌子你來得正好，來，幫我倒洋油，咱們篦蝨子。」

玉敏去除蝨子的辦法，是用煤油燻，撕塊棉襖露出的舊棉，蘸點煤油，順著頭髮，一綹一綹抹——那蝨子喝的血再多，也沒體力抗這洋油味，人被燻了眼淚都嘩嘩流，何況牠們。相比三嬸子一根頭髮、一根頭髮地捋，玉敏覺得同樣是疼，洋油燻來得更快。她說：「滿桌子，這回的愛國衛生運動，你爸他們咋整這麼狠呢？連鍋臺都看，查得也太細了。日本子也是，管得真寬，真是閒的。」

滿桌兒接過玉敏的洋油，慢慢往棉花上倒，說：「我爸說了，日本子嫌咱埋汰（骯髒），說老這樣，他們的學生兵都得得痢疾。」

「嫌埋汰別來唄，嫌埋汰誰讓他們來的？」玉敏「喊」道。

滿桌兒湊上來，小聲說：「玉敏姐，我聽我媽說了，日本子想在這兒住幾輩子呢，過一段，他們的老百姓都來。說咱們的習慣要隨他們，腳上也得穿白襪子。」

「你媽跟你說的？」玉敏翻了翻眼睛。

「她跟我爸嘀咕的。我走近，他們就不說了。他們還說，要想趕跑他們，得大家擰成一股繩兒。」滿桌兒說著被煤油燻出了眼淚，她後退一步，說：「玉敏姐，你不能一下子倒這麼多，頭皮都燒壞了，快趕緊刮吧。」

玉敏抓過篦子，篦子上有頭髮，有泥汙，還豁牙露齒，上面也有三嬸子的白頭髮。玉敏不照鏡子，熟練地順著頭頂向下刮，被燻蒙的蝨子、蟣子，齊刷刷地被篦下來了。

滿桌兒去屋裡舀水，她說：「玉敏姐，我幫你洗。」玉敏也燻得直流眼淚，她用胳膊當手絹，到眼睛上左一下、右一下，抹著睜不開的眼睛。說：「行，快點。」

小滿桌兒手腳麻利，她才十一歲，心裡卻有了愛情，她都喜歡慶山哥幾年了。慶山哥是「命硬」，一出生就死了爹娘，妨爹妨娘。她呢，母親金花一直罵她是鬼托生的，說她也妨人，將來找不到婆家。滿桌兒認為自己跟慶山哥是一對兒，暗地裡，她把他們當了一家人。幫玉敏，是出於對慶山哥的感情；給三嬸子送煙，也是因為愛慶山哥。小小的她雙手捧住大水瓢，顫巍巍地給玉敏舀水。突然，她們看到大門口的街道上，跑過一隊一隊的人馬，腳步雜亂，人聲鼎沸。玉敏和滿桌兒同時停下了手，她們跑到院子門口張望。

有哭的，有跑的。哭的是日本女人，她們拖著孩子，捂著臉哭，說什麼「完了，完了，我們完了，我們回不去家了」。

那些穿制服的男兵們，臉上張皇，一圈圈地坐在馬車上，背向裡，槍管朝外，環坐成一圈。目光中不再是往日的鷹鷂，而是一群耷拉了膀的雀兒。

玉敏問滿桌兒：「日本兵，怎麼像在逃跑？奇怪。」

滿桌兒晃了晃腦袋，說：「我看著也像。」

7

滿桌兒向家跑，正路過滿洲小學校。操場上有兩根旗杆，一面是日本的太陽旗，一面是滿洲的五色旗。小學生們站在操場，正對著兩面國旗高唱：

天地內，有了新滿洲。

頂天立地，無苦無憂。
我的國家，只有親愛並無冤仇
人民三千萬，縱加十倍，也得自由。
重仁義，尚禮讓，使我身修。
家已齊，國已治，此外何求。
近之，則與世界同化。
遠之，則與天地同流……

女校長捂著臉「嗚嗚」地向學生們跑來了，她擁住她們，說：「同學們，快回家吧，去找你們的爸媽，快去。我們日本軍人完了，完了。都回家。」說著，她幾乎哭得跪倒在地。滿桌兒跑得像離弦之箭，金花給她改名，就是想讓她上這所小學。滿桌兒也喜歡這裡，可是她不願意叫那個奇怪的名字。街上到處都是亂糟糟，只有回家找母親，母親才讓人有安全感。跑回家，她發現父親和母親的臉色也是張皇的。賈永堂正和金花說：「兩顆什麼炸彈，小男孩胖子扔的。」

「那麼小的孩子，就把日本子打垮了？」

賈永堂晃晃頭，說：「也不大明白。」

第二天早上，南綆河灘，三嬸子眼睜睜地，看見賈永堂被塞了冰窟。鐵驪鎮的三月，河水剛開化，保安隊的人在河面上又刨又钁，費了好大的勁兒，才钁出一個冰窟窿。賈永堂被五花大綁，拖著，頭衝下塞進去。塞了半天，他那黑熊一樣的身量，不好進，棉大衣被他們扒下來，摁幾摁，大棉襖、大棉褲浸了水，又加上十多隻手腳，摁的摁，踹的踹，才把賈永堂徹底地摁沒了影。

河邊看熱鬧的人，一直問：「咋回事呢？咋把甲長塞進了冰窟？」崔老大說：「他家的中朝、中滿，表面是給日本人幹事兒，其實，跟鬍子（土匪）是一夥兒的，通匪。已讓保安隊的給整走了。他賈永堂，是漢奸，不塞冰窟窿往哪跑。」

人們散去時，三嬸子在河沿兒，看到一個瘦小的身影。金花冬天裡的棉褲襠，空得能裝進去一條狗。她包著花頭巾，看不見臉。要是往日，三嬸子非對著她的後背啐上一口不可，罵句「養漢老婆」。可今天，她抿著嘴，一直死死地嘬著那個煙袋鍋兒，鍋兒裡都沒煙了，她也使勁嘬著。

「一眨嘛眼兒，咋出了這麼大的事呢？這回小滿桌子，可沒爹沒兄弟了。」

半夜，慶路跑回來了。三嬸子家沒有點燈，都摸著黑兒，也聽得出誰是誰。慶路說：「爹，娘，這下好了，咱們以後再也不用怕日本子了，他們完蛋了。聽說老窩兒都被端了。說那什麼彈，老厲害了，扔一個，人像油梭子一樣，眨眼就化了。連房子，都一下能燒成了煙兒！還說是小男孩兒、胖子幹的。真尿性！那小男孩兒再胖，能把炸彈一下子撇那麼老遠？我真服死他啦！」

「等我找到山林隊，也整點這樣的炸彈，好使！」

慶海說：「哥，聽說日本子都跑了，留下不少洋落兒[9]。明天，咱們撿洋落兒去。說他們有一種木匣子，能唱歌兒。還有玻璃瓶子，裡面的魚，賊好吃！」

「就知道吃、撿洋落兒，完犢子！」三叔說。

三嬸黑暗中眇他一眼，說：「孩子能囫圇著回來，燒高香吧。沒見早晨就有人沉河了嗎？趕緊點燈，一家人全和了，點燈，包餃子，吃團圓餃子！」

玉敏聽說包餃子，問：「娘，拿啥包呢？沒麵沒肉的。」三嬸子說：「這還不好說，包素餡兒的。沒有白麵，把棒子粉裡摻點土豆粉，攪和攪和，筋道，碎不了。」說著，三嬸撂下她的長煙袋，親自踮著小腳，下廚房了。不一會兒，熱氣騰騰的一大鍋水，玉敏和慶山包的餃子大如拳頭，三嬸說：「素餡，大點好吃。」慶路眼巴巴地守在鍋臺，第一盤煮好撈出來時，慶路伸手就要拿，三嬸說：「餓死鬼托生的，別淢著，夾開吃。」
然後，又撈出一盤，遞給玉敏，說：「趁熱，給那養漢老婆送去。」
「養漢老婆，不是金花家嗎？」玉敏疑惑地看著母親。
三嬸一跺小腳——「不是她能是誰？就剩她們娘倆了，沒爹沒丈夫的，養漢老婆不容易。」
三叔和慶山都聽見了，往日，他們會笑；或者，三叔會罵她一聲「嘴欠」。而今，大家都沒出聲。大鐵鍋呼呼地冒著白氣，像是燻出了三嬸子的眼淚，她邊用胳膊擦邊說：「三個爺們兒都沒了，這下，看她養漢老婆可咋活。」

——寫於二〇一八年冬，河北

9 洋落兒：落，讀「烙」。最初洋落兒指洋貨，或指外國人丟棄的物品，後泛指得到意外的財物或好處。

時光倒流

引子

雙蓮四歲那年，家裡來了個老太太，小腳，大眼睛，身上的衣服比母親漂亮。雙蓮後來懂得，那叫綾羅。母親是布衣。母親當時懷裡正抱著雙環，母親用聳身探懷晃著胳膊裡的雙環，提醒她：「叫，叫姥姥。」

雙環不吭聲，她比雙蓮僅僅晚了三十秒，母親卻拿她當寶貝一樣慣著。一般的時候，是雙蓮在地上玩，而她在母親懷裡。母親再次晃晃她，讓她叫，她盯視了半天，勉強叫出：「腦腦。」

姥姥的一生充滿傳奇，這是雙蓮長大後，在母親對姥姥斷續的怨懟與懷念中，拼接出來的。風塵妓女、偽滿洲警察署長的太太，這兩樣身分的轉換，讓長大後當了作家的雙蓮，恍然明白，為什麼第一眼，就覺這個老太太那麼地與眾不同——她梳著光溜溜的髮髻，直直的中分縫兒，露著青白美好的頭皮——若干年後電視劇裡播放的一位國母級的人物，就是這個打扮。一點區別，是姥姥下巴的右下角，還有一粒黑珍珠，俗稱美人痣。

這個被雙環叫成「腦腦」的人，在她們家只逗留了幾天。開始時是和母親嘀嘀咕咕，像在商量。後來，是大聲爭執，好像一個問什麼，一個不願意回答。最後，第四天還是第五天？雙蓮記得這個叫「腦腦」的人一跺腳一生氣，拎起她的小包袱，氣哼哼地就走了。並且，永遠都沒有再回來。

讓雙蓮捨不得的，是那些好吃喝兒，松花蛋、黃沙瓤兒西瓜、方形奶糖，這些都是出生在小縣城的她們，從未見過更未享用過的。她不明白，松花蛋那褐色的蛋青兒上，為什麼長著那麼漂亮的雪花兒？真的是天上下的雪？一塊塊用蠟紙包著的方形奶糖，放進嘴裡，輕輕一咬，「嘎吱兒，嘎吱兒」直響，醇香的奶味，一直能流到心裡⋯⋯。雙環和她同樣的心情，雙環從不願意叫姥姥，待她品嘗了這些美味後，成天跟在姥姥的後面「腦腦」、「腦腦」地叫。她們都有共同的甜蜜記憶，又共同難過的是，隨著姥姥的走掉，那些美妙感受，就永遠消失了。味覺裡的記憶，只恍惚在夢裡。姥姥的來、走，在她們的生活中，更像是一場夢。因為每當雙環問：「媽媽，腦腦啥時候還來呀？」母親的回答，讓她們寒冷，母親說：「你們就當根本沒有這個姥姥！」

而姥姥走時，雙蓮依稀記得，她的話也讓人打顫：「我就當沒你，就當我瞎眼餵大了一條狼！」

後來的歲月，雙蓮、雙環都長成了大姑娘。一奶同胞，性格和脾氣卻是那樣地不同。在雙環惹母親生氣、讓母親氣惱時，她常常指著雙環的後腦勺兒，說：「這孩子，真像她姥姥，太像她姥姥了！」

在我們家，如果說誰像了她姥姥，那不只是批評，還有指責、唾棄、憤怒，加鄙視。因為在我們後來的斷續拼接中，姥姥的形象太糟了——貪婪自私，加花錢如流水，還從不知道疼人。姥姥的身上全是缺點。這當然有失偏頗，但那時我們太小，認知有限，就是這樣盲人摸象記憶的。母親常常恨鐵不成鋼地說：「你看看，她倆只差了半分鐘，可雙蓮跟雙環都不像一個媽養的！」——這是母親對我的表揚，也是對雙環的失望加批評。我就是從那時起，突然「懂事」了。

對，我叫雙蓮，是雙環的姐姐。在這兒，我要講一下我們家三代女人的故事。故事的起因，是我的母親，她的身世之謎。我母親至死，都沒有弄清楚她的生母是誰，姥姥和她，到底是什麼關係。這使她的瞑目，充滿了遺憾、不甘……

第一章

在我的記憶中，我沒有叔叔、大爺，也沒有舅舅、姨媽，這是因為，父親獨苗，母親也是單蹦兒（單個）。上天好像有了歉意，到了他們結婚，忽啦一下，給了一大群兒女。我和雙環出生時，我的上面，已經有了大哥宋富、二哥宋貴、三哥宋榮、大姐宋華。我和雙環的名字父親本想繼續叫宋福、宋祿，被母親堅決地制止了，她不同意兩個姑娘也這麼叫，俗氣。再說了，福和祿不男不女的。母親給我們起了雙蓮和雙環，雖然這樣的名字使長大後的雙環也極為不滿，她還自作主張地改為宋昭陽，但小時候，我們還是歡喜的。比起鄰居家的小紅、小霞，我們的名字，已經讓老師高看了。弟弟一出生，父親又恢復了他的冠名權力，弟弟叫宋財。那時鼓勵女人多生產，添一口人，不管男女，均獎勵五元錢。每當一個孩子「哇兒」的一聲落地，父親就會歡天喜地，去領他的五塊錢了。那時父親一個月的工資是二十五塊，生一個孩子，天上就掉下工資的五分之一。可以想見，他對母親的生殖能力，是多麼地讚賞。他還打算，弟弟下面，再來他幾個，富貴榮華、金銀財寶，加上我們兩雙，就占全了。十全十美，多好。

母親生育能力超人，後來，到我能打醬油[1]的時候，又一對胞妹，出世了。父親惋惜，說：「你看看，你看看，這對兒，該是小子呀。都有一對兒丫頭了，再來對兒小子，多好。」

母親用鼻子「哼」了一聲，說：「種了辣椒就別想長出黃瓜。」

父親一想也是——「算了，丫頭、小子，添丁進口總歸是好，人多力量大。」他樂顛顛地去街道居委會領他的五塊錢去了。回來，手中搖動著一張「大團結[2]」，遠遠地就對母親說：「十塊呀，這回，又是雙份兒，十塊！」

看來養了雙胞胎，按獎勵的標準應該算高產、高效率。

母親嗔他：「別美了，生這麼多，看你拿啥養。」

父親不愁，他說：「怕啥，一個也是趕，兩個也是放。」

他是把孩子當羊了。

我在此，不是要敘說母親的生殖能力，我想告訴大家，母親因為兒女成群，夫愛鄰睦，她曾一度，忘記了自己的身分，忽略了「我從哪裡來？我的爸爸是誰？媽媽是幹什麼的？」這些問題的答案。姥姥那次來，她苦口婆心，跟姥姥做思想工作，希望姥姥告訴她，她是在怎樣的情境下，來到的她家。母親還保證，說：「許多人家抱養了孩子，千方百計地保密，是怕小孩知道了自己的身世，去找他們的父母。而你告訴我，我不會去找他們。讓我知道是怎麼回事兒就行了。」

母親還說：「你告訴了我，不但我會繼續養你，江林也會對你好。你不是一直誇他是個厚道的姑爺嗎？他會更孝敬你。」

宋江林是我的父親，鐵驪縣火柴廠工人。

姥姥耷著眼皮兒，思考了有數分鐘，一抬，抬得很堅決：「我不是說了嘛，你媽是個大姑娘，有了你，沒臉活，把你撂到道外醫院，就跳江了。」

「你還說過我爸是抽大煙兒的呢，沒錢了，賣給你家。」

——哦，姥姥想起來了，是這麼說過。她為自己的謊言又耷拉下了眼皮兒，思考、猶豫，然後抬起，顯得很無奈：「是，你爸是抽大煙兒的，抽不起了，託人，把你換了十塊大洋。我出的。」

母親沒有退步，她逼視著姥姥的眼睛：「可是，媽，你還說過，我是誰家的私生子，都

---

1 打醬油：源自中國的網路用語，原意是去商店購買醬油。後衍生形容為孩子長大了，可以幫著做家務。

2 大團結：為中國於一九六二年至兩千年間發行流通的第三套人民幣，其中的十元紙幣俗稱「大團結」。

給扔桶裡要浸死了，命大，被女傭撈了出來，轉了幾手給了你。」

姥姥生氣了，問母親：「你審賊呢?!是，我說了，我說啥我都忘了，你愛信哪個信哪個吧，反正，跟我沒關係。」

母親靜靜地，看著她的母親，說：「媽，其實我聽說，我根本就不是外人生的，我就是你們老李家的人。那年在江北，我曾找過老鄰居趙大娘。」

姥姥的臉一剎那就白了，慢慢地，又緩成黃，再漸漸，紅上來，她憤恨且惱怒地看了母親一眼，轉而，目視著空氣，好久，好久，才說：「嚼舌頭根子的婆娘，下了地獄閻王都不放過她的舌頭！」

以上對話，是我長大以後，從母親的回憶中，斷續插補進來的。事實上，姥姥那次走後，母親看謎底無望，她有過一大段時間，不再跟姥姥糾纏，無暇追問自己的身世。丈夫愛，孩子孝，她又成功地打敗了嬸公、嬸娘，和父親勝利地出來單過，好日子讓母親從不後悔她離開了哈爾濱，離開了姥姥奢華的生活。鐵驪縣這樣一個沒有「老鼎豐」[3]點心、沒有裘皮大氅的小地方，物質生活是委屈了點兒，可是，有父親這樣一個隨她心的丈夫，白天、晚上豐沛的感情生活，讓年輕的母親，樂不思蜀。連養兒養女的勞累，都在他們洶湧的愛情生活面前，忽略不計了。

母親再度尋找生之源，是她人到中年，兒女都長大了，父親的愛情也趨於平淡。她的日常生活，出現了鬆弛，也叫無聊。父親從一名工人，當上了國家幹部，人稱宋監理。宋監理白天忙工作，晚上忙飯局。母親和他抗爭的方式，是她開始了賭博。在撲克牌局上，母親一顯身手，她的賭博天賦得益於童子功，姥姥當黃太太時的薰陶。母親玩紙牌玩到很晚，回到家，父親痛斥她：「跟你媽一樣，吃喝玩樂！本性難改！」

這句話，可捅了馬蜂窩了。我前面說過，在我們家，如果誰被說成像了姥姥，那這個人基本就完了——貪婪自私、水性揚花，等等等等。而此時的父親，一定還有另外的含義，那含義，是母親堅決不能接受的。她當初，不就是為了逃避這些，才離開姥姥，跟父親這樣一個窮光蛋結婚的嘛。現在，父親怎能這樣血口噴人？

還有更難聽的。父親說：「整不好，你就是你媽生的！你們太像了。」

一句話點醒夢中人。母親是害怕這個現實的，她怎麼能是姥姥生的呢？姥姥有過那樣的經歷，姥姥一生男人無數，姥姥的日子有奶便是娘。而她，自從懂事，就厭惡了夜夜笙歌、

3 老鼎豐：「老鼎豐」品牌是中國黑龍江省著名商標，始創於浙江紹興，至今已有兩百多年歷史，連續兩次被中國政府認定為中華老字號。目前，糕點已發展形成上千品種，五十餘個系列品牌，形成了自成一派的「哈式」體系，具有很強的地域代表性。

稀里嘩啦的麻將，張太太、李太太的逗笑，還有隔長不短換成的窮富爸爸。她為了離開那樣的生活，十四歲時到了鐵驪，便不再隨姥姥回哈爾濱，咋說也不回去，怎麼誘惑她都不動心。嫁給父親時，父親窮得沒有一件囫圇的衣裳，她是為了愛情而結婚的呀。關於身世，她寧肯相信真有那麼一位父親，抽不起大煙了賣了孩子，或者，母親是個好姑娘，被人騙了，拋下她。無論如何，她也不希望姥姥是她的親生母親啊。

第二章

姥姥的一生有過很多名字，大丫、張黃氏、李藝、黃太太、李綿綿。姥姥叫大丫的時候，她還是關內熱河省李家灣的一個小姑娘，弟弟妹妹，一大家子人，要靠她照顧。在她十四歲那年，連續乾旱、兵亂，眼看著弟弟妹妹要餓死，大丫懂事，半袋小米，她把自己變成了張黃氏。張家老二，是個跛腿的小兒麻痹，當地俗諺是「瘸子狠，瞎子愣，一隻眼睛拔橫橫」。老二又狠又愣，比她小十歲的姥姥，時常被他小雞一樣攆得滿院子跑，追上了抱住一頓狠揍，拳頭落哪兒不計。他主要是嫌姥姥幹活慢、飯做得不夠好、雞食剁得不夠碎。姥姥小腳，跑不過跛子，當她懷孕了，還要做很多重活，當牛馬一樣使。有一次，從山上往回背柴，到了家門口，實在背不動了，她坐下喘息。這時，她的跛腿丈夫悄悄過來了，他認為她在偷懶，上來就打，打得劈頭蓋臉。勞累使姥姥增長了憤怒，也壯大了膽量。她竟然掄起了斧頭，與男人相拚。然後，抱著隱隱作痛的肚子，踮著小腳，向娘家跑來。

她告訴她的母親，說她想帶著弟弟妹妹逃活命。

「去哪兒？」

「去關外。」

「你這身板兒？」

「聽天由命。」

「他張家答應？」

「我把瘸子砍了，不跑也不行了。」

姥姥帶著她的弟弟妹妹，闖了關東。路上，腹中的孩子掉了，變成了一路的淋漓鮮血。一個弟弟被兵痞衝散了，下落不明。到他們幾姐弟丐幫一樣逃到哈爾濱時，姥姥給自己起了新名，隨她母親的姓，叫李藝。妹妹李園。

她還叮囑兩個弟弟，那個瘸子生死不知，怕張家人追來，他們以後也姓李，叫李二、李三。

姥姥叫李藝的那段時光，是她人生中最艱難的日子。身體虛，妹妹弟弟等著吃飯。他們落腳在了一家「春來」旅店，店主是個瘦乾的老頭，交過押金，姥姥就躺倒了。

未來靠什麼度日，姥姥還沒有想好。瘦乾的老頭暗示她，趁年輕，和妹妹掙點兒好掙的錢。老頭兒還一呶嘴，對著街角那個佝著背縫窮[4]的女人，說：「看見了嗎，到了這歲數兒，想賣，都沒人要了。吃糠嚥菜，苦日子你就熬吧。」

賣春？這是打死姥姥她都想不到的營生。帶著弟弟妹妹跑出來，哪能幹這個呢！別說妹妹，姥姥一個掉過孩子的人，都不願意跳這個火坑。正經人家的女兒，誰願意幹這個？掙再多的錢，也不行啊。姥姥猛喝熱水，企圖讓身體有些力氣。跑來關外，一是逃命，二是活下去。老爹老娘，還留在關裡呢，她打算站住了腳，安生了，就派弟弟回去接他們。

沒等她想出營生，李三跑回來報告，李二被抓了，警察，綁著白腿的，說李二是小偷，把他連踢帶打拽進了一個大門。李三邊說邊抹眼淚，姥姥蹭地就坐起來了，一個弟弟已經失散，又一個被抓了，她心急如焚。梳光頭髮，洗淨臉，跟店主老頭兒求教。瘦乾老頭兒出的主意，是讓她和妹妹去局子裡要人。「不能光說好話，還得有銀子。有人也行。」

姥姥沒讓李園去，她吃頓飽飯，自己去了。

李二被她領回來了。

還跟來了一個警察，叫王東山，從此，他是姥姥的靠山。

「春來」旅店改叫了「滿堂春」，瘦乾老頭兒既是茶壺[5]也是大當家的，李二、李三成了護院。姥姥為了妹妹，為了一家人，她下水了。

有警察保護，有店老頭指點，有李二、李三的能幹，還有姥姥年輕妖嬈的身體，照章納稅，按諾分成，小小的「滿堂春」，很快就紅火。水漲船高，一個叫劉香香的姑娘，循聲而來，她願意借姥姥這個碼頭，棲一段身。她是從奉天跑過來的，做這一行已有時日。

香香的到來為「滿堂春」錦上添花，姥姥發現她不僅是同行，還應該稱她為老師。因為姥姥身體上的一次次碩果累累，遠遠超出了她的營業範圍，有一次，打一次，打一次，病一場。那種殺雞取卵式的掏血搗肉，讓她害怕了男人，恐懼起這個行當。好了傷疤，也難忘疼。是香香，傳授給她避孕的辦法，並能一勞永逸。也是香香，指點她如何侍候男人省力。還是香香，幫她制定了「滿堂春」八條：「一是價錢要公平；第二，公買公賣勿強行；三呢損壞東西要賠償；第四，兵痞作風克服掉；五，嫖客妓女都是人；六，有情有義日日新；

4 縫窮：此為中國北方話語，在南方就直接稱為「補衣服的」。指婦女已經落魄到替人補破爛，是窮人在賺窮人的銀子。

5 茶壺：舊時指妓院中負責生火、燒水、提壺沖茶等雜役的夥計。俗稱為「龜奴」、「龜子」。

七，制度面前人人都平等；第八，和美睦愛滿堂春。」

生意很紅火，銀子嘩嘩地來。可是，姥姥越來越擔心，這一行，弄不好，是斷子絕孫的飯。姥姥不能想像，自己一生，都會沒有孩子，沒有孩子叫她一聲「娘」。第一個掉了，她還沒覺什麼，逃命要緊。第二個，掉了也就掉了，因為她根本不知道，那個是誰的。到了第三個，綁腿的警察狗子，白占老娘便宜，他的壞種弄掉，也是應該。到了第四個，一個商人，長袍馬褂，人還不老，乾淨溫和，一看就是小心行得萬年船的那種人。他每次來，除了嫖資，還另外給姥姥獻上情意，一條絲巾、一塊綢緞，甚至，一件略顯值錢的首飾。來了，不慌不忙，不急著抓扯女人上床，而是安適地，坐下來，品著香茶，跟女人聊天。用涼帽搧風，那份閒適，就像一個遠遊歸來的丈夫。打問姥姥家鄉的情況，中間還有因同情而微蹙的眉、無力這世道而發出的輕聲嘆息。有時聊著聊著，姥姥也忘記了自己的本行，那刻意的豔笑，消失了，拿捏的細腰，也不再搖曳，說著說著還會冒出幾句老家的土話，和牢騷，那神態，儼然是一個良家婦女在跟丈夫抱怨這個世道，很家常。待人走屋涼，姥姥看著地上的水盆兒、桌上的空杯，她會發一會呆，恍惚一陣，許久許久，淚水，漸漸盈滿了她的眼眶……

即便沒有富商當丈夫，找一個窮漢，肯幹的，正經人，能掙飯吃，能養家，也好啊。姥姥打定了主意，在未來的賓客中，她要培養一兩個可以當丈夫的人。同時，她勸兩個弟弟，不能一輩子陷在這個泥窩，終是好說不好聽。她讓李二當了警察，偽滿洲國的路警，專門守護鐵路不被抗日分子扒掉。李三回去接母親，這裡，總算安生了，有一口熱乎飯了。妹妹李園送去了護校，讀書的女子總歸比自己有出路，畢業後留洋或是工作都不成問題。然後她自己，買了一處帶院子的小平房，待母親接過來，一家人，要過良民百姓的日子。

第三章

「跟你媽一樣」這句話，點醒了母親，也讓她傷心了。若說她對雙環恨鐵不成鋼，痛斥她「像姥姥」，起碼那裡面還有痛惜，而父親，說她像她母親，那不是在鄙視和唾棄嗎？這個，是母親無論如何都不能接受的。

那時我已長到了十二歲，母親卻拿我，當了二十歲的閨密，傾訴她的衷腸。她告訴我，在她十四歲那年，隨姥姥逃債來到鐵驪，第一個相遇的，是一個叫孟什麼的男子。姥姥的商人丈夫破產了，他破產，就用一死來解脫，而逼債的人，天天來敲孤女寡母的門。姥姥沒辦法，帶著母親逃到了小縣城，這裡有先於她從了良的劉香香，香香成功地嫁了個光棍兒好男人，在小縣城過著隱居、安閒的日子。姥姥落難了，她不能不管。那時，姥姥的名頭已經由黃太太，改叫了李綿綿。劉香香幫助李綿綿住到了宋江林的叔叔家，母親和宋江林，得以相遇。

宋江林爹娘早逝，他在叔叔家長大。叔叔家因為窮，那院子顯得異常闊大。十七歲的少年宋江林，因為長年的勞動，他壯實的胸膛，即使在冬天的破棉襖裡，也現出迷人的剛毅。母親喜歡這樣的勞動者，他的辛勤勞碌讓母親看到了另外的風景——抽大煙、推牌九一直是姥姥身邊的男人，現在，外面的世界是這樣。

宋江林的叔叔家是東西屋，滿族人的民居結構，姥姥她們賃了另一半，月租仨月才一塊大洋，姥姥一下子就付了一年的。債還不起，可這點吃喝用度，還是小菜。姥姥有過那樣的日子，即使遭難了，生活品質不減。她所有的細軟，都在隨身帶。一母一女，不幹什麼營生，飯食上有白饅頭，有醬肉，偶爾，還有燒雞。而房東家，天天是稀稀的包穀粥。即使這樣，姥姥還是想念哈爾濱，她習慣了「老鼎豐」的點心、哈爾濱的紅腸、俄式的大列巴[6]。她一直跟母親說：「等那邊消停了，咱們就回去。」

「回去」，是姥姥那個時期的夢想。

但有兩件事，讓姥姥的計畫泡了湯。

一個是，闊綽的生活，讓姥姥的包袱迅速乾癟了下去，她們開始缺錢了。醬肉買的塊兒越來越小，直至斷頓兒。白饅頭，要時不時地換成黃色的，當地人叫大餅子，那個東西鐵砂一樣難嚥，是包穀麵貼到鐵鍋上的一種粗糧，比糠強點，它在進咽喉的一霎，像帶刺的木塊。母親嚥不下，姥姥的嗓子更是早已不適應，首飾一件件地變賣，綢襖換成了布衣，母親的猞猁皮大氅，防寒的，都被姥姥給當掉了。這時的母親，她害怕坐吃山空了，她說她去工作。

姥姥說：「一個女兒家還養不起？你讓我這臉往哪擱？」

姥姥一直覺得不工作，吃喝玩樂，才是上等人的日子。

母親已經有了自己的主意，姥姥讓她少跟東家那幫窮丫頭玩，可是母親照樣跟她們圍坐在一起，綽嘎拉哈（滿族姑娘流行的一種娛樂，其工具是豬羊的後蹄骨關節，狀如餃子。打磨光滑，四個為一組。姑娘們拋扔起拳頭大的布口袋，在口袋下落過程中，兩隻手，迅速把嘎拉哈弄成統一的骨面，全抓起來，接口袋的同時保證手中的嘎拉哈不掉，以此計分，越多越好）。宋江林的三個妹妹，禿丫頭、玉敏、三多兒，都是綽嘎拉哈的高手，她們小小的兩隻手，往胸脯上一拍、一摁，炕上的一堆嘎拉哈，就在她們眼睛都不看的情況下，悉數收入囊中。母親不嫌她們頭髮上長著蝨子、手指甲裡是黑泥。姥姥敲打過她，說母親是玩心之外，另有他想。姥姥還警告母親：「宋江林一家窮得叮噹響，叔叔喜歡喝大酒，嬸子抽大

6 大列巴：原指中國東北仿造俄羅斯黑麥麵包做成的小麥麵包，現在泛指所有的俄羅斯式麵包。其中「列巴」是俄語中麵包的音譯。一般的俄式麵包幾乎比現在家庭用的蒸鍋還大，因此被稱為「大」列巴。

煙，煙袋桿兒比胳膊還長。這樣的人家，沒好兒。」

母親說要出去工作，姥姥嘴上不同意，可她的實際生活，是需要有進項的，不然，真要斷頓兒了。母親去了道北的手套廠，道北、道南，是以一組鐵路線來劃分的。日本人修的鐵路，神經枝蔓一樣觸向了四面八方。道南的人家，較窮，以農耕、林木為主。道北的，商鋪繁華，手套廠、木器廠，均在道北。母親每天，要經過鐵道，鐵軌上沒有天橋，裝木材、裝煤的貨車，一列列橫在那裡，死魚一樣，一橫就是幾小時。當地人好身手，飛身跳躍，或貓下腰來鑽，都非常熟練。而母親，每當這時，都傻在那裡，露出焦急、無助。這時，手執紅綠旗子的孟大哥，出現了。他走過來，問母親：「姑娘，你不是本地人？」

母親點點頭。

「哪兒的？」

「哈爾濱。」

孟大哥說：「我說嘛。」又說：「這火車，一時半會兒開不了。想過去，只有跳了，鑽也行。」說著，他指指那些正貓下腰鑽過去的人，有的因為起身早了，後背蹭了一大塊，疼得直咧嘴。孟大哥說：「我看你還是跳吧，來，我幫你。」

母親的細腰，在孟大哥的雙手一舉中，上去了。再一托，下來了。

下班回來，又如是。接連幾天，母親在前面走，孟大哥在後面偷偷相送，沒有路燈，冬天的道南黑冷荒僻，有人暗中保護，很好。

一來二去，母親和孟大哥熟悉了。跳車這種危險的方式，也被母親所掌握。和宋江林相比，孟大哥的相貌沒有他英俊，但那厚實的嗓音、好聽的普通話，也很吸引人。母親慢慢地知道，孟家也是哈爾濱的，母親沒了，父親隨國軍去了臺灣。孟大哥現在，是單蹦兒一人，住在鐵路宿舍，是正式職工。

姥姥不同意母親跟當地人談婚論嫁，無論是誰。但姥姥卻接受了孟大哥帶來的好吃喝，也不拒絕宋江林女婿一樣的劈柴擔水。母親反感她這樣使喚人，她拚命地幹，十指都磨出了串串水泡，碰破一個，鑽心地疼。即使這樣，她掙的一點工資，也才夠買一袋麵粉。不知不覺中，她們家已經接受了孟大哥的太多太多……

一天早晨，母親還沒上班，院兒裡來了一撥人，穿著鐵路制服，為首的，要找李綿綿李老太太。姥姥正踩著小腳，從後院兒出來，她問：「什麼事兒？」她的臉嚇白了，以為逼債的，從哈爾濱追到這兒來了呢。

此逼債非彼逼債，也是清帳的。他們說：「孟同志這段時間花錢大手大腳，你們知道那錢是哪來的嗎？他貪汙的，那都是公款！」

那一霎，母親恨不能鑽到地縫裡。

他們給姥姥擺了兩條路：要麼退賠，把吃下去的折成錢，退回來。要麼，這個孟同志就得蹲號子，姥姥，也脫不了干係。

母親說，如果不是姥姥貪心，花別人的錢不心疼，何至於讓老孟出那種事？如果不出事，他怎麼能從此無音訊？人啊，一輩子就是命。後來，是宋江林的叔叔，東挪西湊了幾個錢，堵上一部分窟窿。代價是，母親跟宋江林，訂婚了。

「人生就是拆東牆補西牆。」姥姥說。

剛消停，哈爾濱那邊傳來消息，逼債的，出事了，打人失手，進去了。這個消息，就意味著，姥姥可以重返哈爾濱了。她耷拉著眼皮兒對母親說：「連生，咱們走，收拾收拾，走。」

「往哪兒？」

「回哈爾濱呀。」

「不是欠了人家的，跟宋江林都訂婚了嗎？」

「你這個孩子，死心眼兒。以後還唄。誰的日子沒個變故？」姥姥的眼皮兒還是耷著，她也有羞愧之心。

「媽，你這樣可不好，禍害了人家老孟，又耍江林。」

「有什麼不好？我看你是小小年紀，就離不開漢子了，就知道漢子好了。還沒嫁呢，就胳膊肘往外拐，你他娘的向著誰？」

「向著誰也沒這麼做事的，花了人家錢，又想偷偷跑。你看宋江林，一年四季都沒有第二件衣裳，湊幾個錢，容易嗎？」

「這輪不著你操心。跟我走吧，等回去賣點東西，把錢給他家寄來就是了。」

「我不走。」母親說，眼皮兒也耷下了。

「你真想跟一個窮光蛋過一輩子？在這兒受窮一輩子？」

「那也比天天胡吃海喝，亂七八糟強。」

「誰胡吃海喝了？什麼叫亂七八糟？沒良心的，養你這麼大，沒他們你早餓死了?!」姥姥拿著她的右手食指，到母親的腦袋上點了一下。點一下不解恨，又來一下。母親長到十四歲，最嚴厲的責打，也就是這一指頭，一指禪。一指禪點不死人的，母親的心也開始軟，她知道她的母親從來捨不得打她。

「有狠心的兒女，沒有狠心的爹娘啊。看著吧，有她後悔的那一天！」姥姥最後是自己走的，在火車站，好姐妹劉香香送她，她這樣預言。

一晃兒二十年，母親後悔了嗎？她嘴上一直沒說。可是，父親指責她，說她像她母親，母親請我評判，如果像她母親，她會留下來待在小縣城？像她母親，能一輩子守著他宋江林？還為他生養了一大堆兒女。哼，像她母親，像她母親一點，都不該挑選這樣的日子！

母親一定是後悔了。

第四章

姥姥的母親被她三弟從熱河接來時，她問姥姥：「大丫兒，你怎地改名換姓了？你怎地不叫張黃氏了？那瘸子沒死。」

她們老家的話，問什麼都是「怎地」、「怎地」的，姥姥的母親已經近於瞎，看什麼都用手先上去先摸摸。父親沒有接來，被她斧頭相向的瘸子丈夫，爬起後的第一件事，就是找她李家算帳。算帳中，本就身體枯槁的父親，一命嗚呼了。那個瘸子，也沒得好，抓丁的去他家，看他如此敗相（頹喪模樣），一槍托砸來，使他的另一條腿也癱了。不再騷擾，姥姥的母親得以苟活。和老母相見，姥姥沒有表現出母女相見後的喜悅，一個鄉下老太太，跟「滿堂春」的日子，是太遠太遠了。近於盲的鄉下老太太，聞著滿屋子裡的香，用手摸著絲啦絲啦光滑的綢緞，恍惚中看著走進走出的人影，她小心地問：「丫兒，咱可不是當了那小鴨（養）漢兒的啊！」

這樣的話出自母親之口，比那些直接罵「婊子」的更可惡，姥姥一下子就摔掉了手裡的東西，新仇舊恨，她歇斯底里：「不當小養漢的，你們都得餓死！」姥姥摔了東西後，一屁股坐下來，所有的痛恨最後只變成了一句話，沒頭沒尾的一句話：「我就是上輩子欠你們的！欠你們的！」

姥姥是太煩了，接連的流產，讓她恐懼。不生育，將來改了行，也當不成母親了。還有接二連三的麻煩，讀了護校的妹妹，到了暑假，竟然沒有回來。差李三去找，學校說她已經退學了。這一消息，晴天霹靂，她退學去了哪兒呢？在同學的吞吐中，李三回來回話：「好像是被哪個當官兒的接去做小了。」

「小老婆？」姥姥當時就氣昏了，自己費那麼大力氣，呵著，護著，當金枝玉葉養著，可結果，她自己卻跳了火坑。

姥姥的母親還天天跟她要弟弟，那個闖關東時失散的老大。事實上，姥姥從未停止過對這個弟弟的尋找，請王東山動用過警察、線人，還正式擺桌請客，黃署長當時都拍了胸脯的，可結果，還是沒有。「這樣的結果，人就是死了。」老黃說。

「還有一種可能，要是他還活著，就是在敵人的陣營裡。」王東山說。

「敵人的陣營是哪兒呢？」

「共匪、八路、各絡子。整不好，鑽山當鬍子去了。」

時局確實太亂了，城頭不停變換著大王旗，今天抗日的打過來，明天國軍衝過去，後天，傳說日本人要完蛋了，他們的老窩讓美國人給炸了，炸得不輕，據說幾輩子的人都將缺胳膊少腿兒。一天晚上，街角大亂，有人襲擊了日本人的軍用物資車，日軍全城搜捕，連「滿堂春」也沒放過。香香平時的打點，基本沒有麻煩。現在，憲兵車突突地開進來了，親自搜人。日本人一翻臉，誰都不認識。搗天入地，掘地三尺，要找出那個炸軍車的人。空氣中飄蕩著血腥，「滿堂春」被他們沙塵暴一樣颳過，一地狼籍。

香香對姥姥說：「看來，天下又要變了，咱們得有打算了。」

「你打算咋？」

「我有老孫，早就跟他商量好，一有亂，去鐵驪避難。小地方，安穩。你呢，也別嫌老黃人粗了，好歹是署長，喜歡你，能給你撐日子，就跟了他吧。」

姥姥是信服香香的，香香從奉天來，據她說，皇帝都見過。在奉天的碼頭，得罪了什麼人，才跑到哈爾濱。香香比起後來戲中的阿慶嫂，在對付各方勢力方面，更勝一籌。她的話姥姥基本全盤執行。

後來，姥姥就成了黃太太。

關於黃姥爺的記憶，母親有過這樣的描述：

人未到，聲先來，大嗓門兒，有時是皮靴的咚咚響，個子胖矮，披軍校呢[7]。回得家，抱起母親就在地上連轉三圈兒，舉起來，拋扔，扔夠了還讓她坐到自己肩膀上，「騎梗梗兒」。一次母親從外面回來，說誰誰說她是野孩子。黃姥爺小個子不高，一個箭步卻躥出很遠，衝出大門外，對著跑沒影的孩子就是一槍，吼：「他媽了個巴子的，欺負到老子頭上了！」

黃署長給姥姥帶來了一段風光的日子，家裡的傭人成群，母親是黃小姐。大冬天裡，來拜訪的有錢人鮮花果籃，獻上的是空運過來的水果。女人們圍在一起，張太太、李太太麻將外交。母親出門，是衛兵跑前跑後。好日子的結束，是在一個早上，他們正吃著飯，電話，找黃姥爺。那天早晨有黃姥爺最愛吃的炸糕，糯米的，很粘。黃姥爺嘴裡咬著炸糕，抄過電話，「喂」了一聲，接下來，就大聲咆哮，他只大罵了幾句，姥姥看著他的背影就不對了。

7 軍校呢：特指當時只有軍隊和警察才有的高品質土黃色大衣。

「嚕嚕嚕」，他的咆哮變成了晃腦袋——他被噎住了，大張著的嘴合不上，也張不開，那口粘糕堵進了他的嗓子眼兒。有那麼幾秒的僵直不動，在姥姥的小腳還沒踮到，他就一扇門板一樣，「哐」，仰倒了。

黃姥爺是被噎死的，一口粘糕，要了他的命。

黃姥爺的死亡，讓姥姥的日子又陷入僵局，再找個男人，嫁漢吃飯，是接下來迫在眉睫的問題。還好，一個做牙刷的小商人，不算富，但人好。姥姥嫁給了他。

牙刷商人也很喜歡姥姥，他讀過一些書，對姥姥的過去，隻字不提。在母親的記憶中，這是個文明的繼父，說話溫和，就是姥姥聲音高了，他也只是微微一笑，露出一口好看的牙，就繼續忙他自己的去了。

如果不是後來破產，他自殺，姥姥應該過上一段良家婦女的日子；可惜，這個商人太脆弱，剛來一撥債主，他就用一死，逃開一切了。

姥姥再回哈爾濱，小心翼翼，又一次隱姓埋名，住到了江北。母親說，姥姥特別愛搬家，小時候，她剛跟一幫小夥伴玩熟了，回到家，姥姥就問：「她家大人都跟你問什麼了？」

母親如實說來：「問我多大了，叫什麼。」

「你怎麼說？」

「我叫李連生，七歲了。」

「沒問你打哪兒搬來？」

「問了，我也不知道。」

「對，誰問都說不知道。」姥姥又叮囑，「以後，少去他們家！」

再去一家，回來，又是這些。

母親特別煩。

有一天，母親回到家，不等姥姥問，她就跟她說：「媽媽，我今天去小桂蓮家了，她媽跟一個大嬸說話，她們說我是要來的，你抱的我。她們以為我沒聽見，其實，我全聽見了。媽，我是從哪兒抱的呀？」

姥姥的小腳當時正呈八字，站著，手中拿著水瓢。聽母親這樣一說，水瓢「哐啷」一聲仰臉兒掉在了地上，兩隻小腳，也跟水瓢一樣，仰天豎了起來。

第五章

母親說她要是像姥姥，就不該選這樣的日子！這句話是對的，兒女成群，除了給她帶過歡樂，也給她，無盡的麻煩和傷慟。我的那對胞妹，金寶、銀寶，她們的夭折，讓母親，長久地沉浸在哀痛中。

事情的經過是這樣的：

雙蓮長到七歲時，五歲的弟弟宋財下面，又來了一對妹妹。母親頭上那個怕風寒的花頭巾，是睡覺的枕巾充當的。家裡的經濟生活已經可見一斑。父親給她們起名宋寶、宋金，如果再來一個就叫宋銀，取財寶金銀之意。母親給他打住了，像不同意雙蓮、雙環叫宋福、宋祿一樣，母親叫她們金寶、銀寶。小金寶、銀寶的到來，讓家裡的住房出現了緊張，必須要蓋房了，不然這品種齊全的搭配，兒女們又越來越大，沒法安排。金寶、銀寶太小，如果太擠了，睡著了給壓著，怕是都不知道。父親宋江林決定蓋房，滿族人的建築居式，東西兩大間，又有南北炕，再來幾個，也住得下！

木料備得差不多了，起房架這天，是要請人幫工的。大清早，宋富、宋貴、宋榮，哥仨加鄰居的叔叔大爺們，誰都不惜力，圍上泥池子擰拉禾，這是個極需體力的苦活。母親，則帶領一幫婦女，準備一天的飯食。大女兒宋華，她的任務是看哄金寶、銀寶，這一對嬰兒。雙蓮、雙環加宋財，他們自己能玩，不用背，不用抱，看住別添亂就行。而那對寶兒，要處處小心的。

宋華是不願意領受這項任務的，她寧肯，幹些粗活。拴著弟弟妹妹，是最鬧心的事了，跑不得，玩不得。母親知道她的心思，早晨，看她摔摔打打，還擰了她的臉。現在，母親和那群熱心的婦女，燒火的、拉風箱的、擇菜的、蒸麵食的，手上忙著，嘴裡也不閒，逗著各家老爺們兒的事。宋華替她們害臊，心裡也更怨恨母親：「只圖自己樂，生了一幫孩子，讓我哄。」宋華今天不但要看哄金寶、銀寶，還被分配負責雞鴨的菜食，一頭豬的午餐、晚餐。如果是光剁剁雞食、鴨食、豬食，宋華有盼頭，它總有個完啊。而現在，全天，她都要看著兩個不會走的妹妹，雙蓮、雙環小時，就是她的墜腳，現在，金寶、銀寶又來了。本來，她跟鄰居小紅約好，今天去她家學習領子的花樣編織。宋華打算用偷母親的白線，鉤織一個假領子，白白的，冬天縫在棉襖領上面，煞是好看。母親早晨給她分完工，她心裡就老大不樂意，地上滿是釘子、斧子、錛子、鉋子，她把雙蓮、雙環和宋財，攆到了王娘家，讓他們去那兒玩，免得扎著腳。接下來的金寶、銀寶，她把她們放到悠車裡（鄂倫春人用樺樹皮做的一種嬰兒搖籃），悠車能蕩得很高，悠一會兒，也許她們迷糊了，就能睡了。宋華打算趁她們睡著，她就快速跑去小紅家，學習花樣編織。

雞食、鴨食剁好了，豬食也攪拌完畢，金寶、銀寶，還是不睡。宋華把她們摁在一隻悠車兒裡，一顛一倒，想讓她們儘快睡。兩個妹妹，好像知道她的企圖，無論怎麼哄，她們都不聽。亮晶晶的眼睛，一直看著老大姐。宋華就加大了悠車的力度，悠車的棕繩歷史悠久，拴在房梁，發出「吱紐、吱紐」的響聲。宋華越使勁，金寶、銀寶越調皮，她們花樣游泳隊員一樣伸胳膊舉腿，這個摁下去，那個站起來。宋華一遍遍地命令她們：「老實點，聽話！」可是她們根本不聽，此起彼伏。宋華說：「看來你們是不能好好睡了，分開，一人睡一個悠車吧。」說著，把她們分開了，一人一隻悠車，宋華用兩隻手，同時悠。

那邊，母親和大家還在哄笑，她們議論完了各家的爺們兒，又說著各家的孩子。母親的成群兒女，讓她們質問母親是不是一天二十四小時，都沒起被窩兒？那邊的男人都誇老宋真有一把好體力。生孩子的話題，又是一個高潮，當初的洞房都沒這麼熱鬧。他們不知道，樂極處，悲要來了。宋華帶著恨意悠起來的兩隻悠車，越蕩越高，高空中，兩個嬰兒不敢再站起來，無奈躺下了，她們開始哭。宋華怕哭聲驚動了母親，她不好好哄妹妹，免不了就要挨掐。宋華拿過餅乾，塞到她們嘴裡。餅乾是好東西，她們不哭了，可是，還不睡呀。

宋華左手一下，右手一下，比著賽似的往高悠。這時小紅來找她，問她怎麼還不去。宋華說：「快了，等她們睡著。」說著，簡直是在炫技，兩隻悠車發出了「嘎吱吱」聲——棕繩和木檁條絞著勁兒地較力——悠車兒上棚頂了，宋華終於抬起了頭，她想停下來，她害怕了，但是，晚了，她看到，其中一隻，竟然繞過房梁，繞了一圈兒後，「啪——嚓——」朝著地上扣了下來。

宋華箭一樣撲上去。

母親鏢一樣奔過來。

金寶被人撿了起來，抱進懷裡，還有微弱的熱氣兒。老中醫說，孩子是受驚了，嚇掉了魂兒。他用招魂術，給金寶、銀寶治了幾天，銀寶也不會哭了。開始幾天，她們還能吮吸奶水，幾天後，金寶開始抽風。再等兩天，金寶不睜眼睛了，銀寶也不吃奶了。塞進去，她無力地吐出來。當金寶沒了呼吸，永遠地閉上了眼睛，母親知道，銀寶也活不成了。

「一生俱生，一亡俱亡。」當地人對雙胞胎的存活，有這樣的經驗。

金寶、銀寶夭折了，鄰里用「是兒不死，是財不散」來安慰母親，但沒有用，母親沒有眼淚、沒有歡笑了好長時間，經常獨自一人，去埋過金寶、銀寶的松樹下，坐著。冬天去，夏天也去。那棵古老的紅松，因為年頭久遠，像一座篷蓋，獨立在呼蘭河的右岸。每當我找不到母親時，就去那棵蒼老的紅松樹下面，遠遠地，能看見母親瘦小悽惶的身影。

金寶、銀寶後，母親停止了生育。母親的一生，懷孕加流產，共育過十八胎。兩次是雙胞。母親說老天夠意思，自己一輩子沒父沒母，一個血親都沒有，上帝，卻送給了她這麼多的孩子。

母親說這些話的時候，我已經離開故鄉。當作家的願望，讓我四處流浪。那一年因為愛情，因為傷痛，我也來到了河邊的老松旁。曾經浩渺的河水，變得彎曲窄瘦，兩岸的土地，也乾枯貧瘠。坐在那裡，我恍若看到了母親，她就像這一脈呼蘭河水，由青春潤澤的少女，變成了衰老的婦人。那株老松，是駝了背的父親，他們雖然不再年輕，但根魂相伴，隔河相望……

我也想念金寶、銀寶，她們是我的妹妹，還未成年的嬰孩兒。她們的屍骨，永遠地埋在了紅松樹下，化作泥土，膏養樹根。她們的眼睛，一定是變成了星星，晴朗的夜晚，星空因為她們的加入而更加璀璨，那是一個未知的世界，課本上叫它們銀河。其實，我更願意承認，那是天堂，極樂的世界。坐得時間久了，我能看到母親向我走來，妹妹向我飛來，她們爹著的兩隻小胳膊，是天使的翅膀，她們讓我抱，和我親撫。母親說：「雙蓮，我這一輩子，確實後悔過不聽你姥姥的話，但我從沒後悔，生了你們這麼一幫兒女……」

第六章

把姥姥她們「解放」了的人，是李連長。李連長那天帶領一個連的人，衝進「滿堂春」。李連長不像國民黨軍隊，進到這地方又打又罵。李連長是共產黨的部隊，解放軍。解放軍一進城，處處給老百姓好印象，都是寧肯住在大街上，也不進百姓家騷擾的人。當他向姥姥打了個立正，開始宣講共產黨的政策時，姥姥愣了，他也愣了——「這不是當年闖關東，那個被兵痞衝散的大弟弟嗎？」姥姥認出了他，他也認出了姥姥。但那一刻，他們都克制住了，裝作不認識。

李大是被抓了壯丁，然後從國軍，到共軍，又新四，到八路，最後是東北民主聯軍，解放軍。李連長一路北上，他也有尋找親人的意思。但老家那邊、東北這邊，他都尋遍了，也沒有姐姐、兄弟。老母親，還下落不明。當他端著槍，一片兒、一片兒地接手，一個城、一個城地解放，最後到了哈爾濱，這塊繁華的街道，「滿堂春」掛著牌子，他們叫這種地方為「窯子」。上面命令，把這些妓女，都解放了，讓她們去工廠幹活，做自食其力的勞動者。這些女人不但要改造肉身，還得改造思想，改造她們「四肢不勤，五穀不分」的本性。統統送去亞麻廠，搓麻繩、縫麻袋。姥姥因了李連長是她弟弟，成為漏網之魚。香香呢，也走得從容，金銀細軟，一併收拾了，才奔向了事先商量好的那個山東光棍兒。其他姐妹，有的害怕吃不了苦，跑掉了；有的，乾脆嫁人。送去亞麻廠，她們認為是火坑。

李連長還給姥姥弄了個五保戶，新政權，運動一個接著一個，名頭一個接著一個。開憶苦思甜大會，憶舊社會的苦，品新社會的甜，李連長讓姐姐上臺，控訴舊社會如何把她變成一個鬼，新社會又怎樣讓她變回了人。做動員工作的時候，那個街道的婦女幹部，盯著姥姥手腕上的玉鐲：「真漂亮啊，配在大理石般的玉腕上，渾然天成。」婦女幹部說：「李綿綿同志，這個，就不要戴了，新社會，婦女們不興這個做派了。如果不是李區長保護你（李連長已經升任李副區長了）、我們大家同情你，你早就跟那些受改造的——」婦女幹部停頓了一下，她沒有再叫出「妓女」，而改用了——「女人」，「——和那些女人一樣，搬石頭、縫麻袋去了。勞動改造，你哪還有心思臭美！」

綿綿在臺上訴苦的時候，一個小姐妹揭發了她。那小姐妹說：「這個老鴇，跟劉香香一樣，看著蜜兒似的，毒著呢。我們幾個小姑娘，你讓她看看，她下了什麼毒手，看看我們現在，還有一個能生出孩子的嗎？沒有！她給我們吃了什麼藥，斷子絕孫，她狠著呢，比日本子還狠。」

姥姥無力地爭辯說：「是你們願意的，是你們自己願意的嘛。」

「我們願意也是你教唆的，不聽，就打貓。」

「打貓」[8]是一種殘酷的刑罰，在妓女中通用了千年。

姥姥說：「沒我這厦子，你們得餓死。」

「餓死也比天天縫麻袋好！」

兩人越說越不像話了，聽不出社會主義的優越性，更體現不出改造救人。主持會議的李副區長揮揮手，讓人把她們都弄下去了。李區長說：「咋說，李綿綿同志也是受害者，她的女兒是抱養的，窮人家養不起，是她發了善心，救下、收養了。現在，她養著一老一小，沒有工作，她是我們的階級姐妹，不能不管。要說有罪，是那個時代的罪，國民政府無能的罪。這筆帳，要算到蔣介石的頭上。」

到了「鎮反」時，又有人揭發李綿綿，說她的「滿堂春」，曾經養過日本人，日本的嫖客。李綿綿是潛伏下來的日本特務。

好在有李區長，他說：「李綿綿是地下黨發展的線人，只有利用這個身分，才好潛伏，跟敵人鬥爭。李綿綿同志對革命勝利有功，不能鎮壓她。」這樣，姥姥躲過了一場一場的劫——清洗。為了安生下來，李區長把姥姥的戶口遷到了道外，江北一處人煙稀少的地方。李大還幫助姐姐介紹了從前的戰友，現在的房管科科長。李大說，要想牢靠，還得找政府幹

8 打貓：即「貓刑」，是封建社會時代的一種酷刑。原是青樓老鴇懲罰花柳女子的，後流傳至民間宮廷。將人放在一個大麻袋裡，只露出頭部，再放入幾隻野貓，然後把麻袋捆緊，狠狠敲打麻袋外部，麻袋內的貓受到驚嚇就會上躥下跳，其利爪將人一通亂抓亂撓，放出來的時候已經是血肉模糊，傷痕累累。

部。可是，兩年後，反貪汙、反浪費又開始了，房管科長抽過人家的煙、喝過送的酒，都算貪汙，揪出來投監獄了。

姥姥又成了單身。

第七章

從哈爾濱走來的母親，原本鄰里關係很淡，很多婦女都說她端架兒、不合群兒。母親心裡也確實鄙夷她們，覺得她們沒文化。「一年四季，除了牛馬一樣幹活，侍候丈夫、孩子，其他，就什麼都不懂了，更不知道教育孩子，成天悶頭拉磨的驢一樣，幹不好還要挨男人的打。她們是家裡的奴隸嗎？」

母親跟她們完全相反，她也是家庭婦女，但她是全家的最高領導。她說話，沒有人敢不聽。實踐證明，她的權威是靠她的智慧打拚下的。先說教育孩子方面吧，大哥宋富和二哥宋貴，都已經去了省城。省城啊，那就相當於大家心目中的北京。他們每個月，都往家裡寄錢，貼補家用。而老三宋榮，剛畢業，就被留校了，當了老師，也是正式的國家幹部。我們幾個小的，見了鄰里，「叔叔，大嬸」的叫得非常有禮貌。相比之下，他們的孩子，見了爹娘都是頭一低不說話。鄰居們儘管不太喜歡母親，可是她們常常不由得誇獎：「看看人家老宋家的孩子，個個兒有家教。那宋江林的媳婦，還真不白給呀。」

她們開始跟母親搭腔了，家長裡短，母親也願意聽她們詢問：老大在哪兒呀，老二又幹什麼呢？宋榮、宋華，也都不錯啦。母親聽她們的提問，在回答中，一定是有快感、自豪感。在雙蓮的記憶中，母親最欣喜的笑臉，是宋榮「公出」回來。——「公出」，即是出公家的差。老三宋榮，小時得過肺結核，長大了，也瘦瘦的，經常咳幾聲。但是，他學習好，有才，一畢業，就留校了。在學校，又很受領導（上級）喜歡，出差啦，幹點什麼公派了，都是指定他。他每次公出回來，氣色就好很多，可以說紅光滿面。那幾天是母親驕傲的日子，快樂的時光，她逢人便說：「我家三兒，又公出啦。」

鄰居夏嬸聽了，會嘖嘖，說：「看，人家她宋嬸，養的孩子多好，個保個兒，都那麼出息。老三公出，那是花公家的錢呢，吃得好，還有剩兒。」

三哥宋榮平時臉色蠟黃，出了幾天門，油水比家好，回來臉色就好，已經是人所共知，人所共羨。

王娘接話，她說：「也不知老宋上輩子積了什麼德，這輩子是這樣兒。」

母親笑意盈盈，聽著她們說。

夏嬸又說：「我看你們家三兒，這回回來，不但氣色好，也胖了。」

「能不胖嗎？頓頓四菜一湯。」母親回答。

「我看他也不咳嗽了。」王娘又說。

「油水大，身體就壯了。」母親答。

夏嬸和王娘都說：「公出就是好啊，我們家那犢子，這輩子也沒有公出的命！」

宋榮是爭氣的，他不僅留校當了老師，還因為會寫大字塊，不久，被縣團委抽去了，刷大字塊兒、寫標語，宋榮成了團委的幹事。團委比學校還有油水，處處都能得公家的濟。雙蓮、雙環，我們幾個姐妹上學用的紙、作業本，後來都是宋榮從團委拿回來的，根本不用花錢。還有，他們辦公用的墨水瓶啊、釘書機、資料夾什麼的，他們有什麼我們家裡就能用上什麼。包括羽毛球拍兒，和一架小型的「快樂彈撥琴」。團委有經費，隔一段就要開展什麼活動，有宜青少年身心健康的，就從我們家幾個少年做起了。那時，宋榮經常叮囑我們的一句話是「注意影響」。宋榮說：「白紙可以在學校裡用，因為那上面沒有字頭。而稿紙，帶字頭的，就在家裡使吧。讓老師看見，影響不好。」

母親說：「老三，我看你們那兒的白紙又軟和又透亮，前院兒你趙二奶奶當捲煙紙用了幾張，她說好抽，讓你再給她拿點兒。」

宋榮說：「拿是行，但讓她別往外說，影響不好。」

看三哥那嚴肅的表情，「影響不好」四個字曾影響了我後半生。

晚上吃飯的時候，一家人圍坐在桌前，桌上，一盆清澈見人影的清湯，沒有油花，幾塊寡淡的土豆，沉在盆底。每個人手裡都是難以下嚥的包穀餅子，一碟鹹菜。母親節儉，大哥、二哥、三哥都掙錢了，並且貼補家，但她捨不得花，每月，她要好好攢出一筆，因為，大哥、二哥、三哥，他們掙錢了是不假，可是，男兒，哪個不要娶媳婦呢。娶媳婦，不得花錢嘛。所以，這樣的飯食，是我們家的常態。素素地吃著，宋榮又講起了他的「公出」，公出的會議飯，四菜一湯。紅燒肉、木須肉，還有那漂著黃瓜片的蛋花湯——雙環已經饞涎欲滴了，她一遍一遍地問：「三哥，那紅燒肉，有多大塊兒啊？像土豆這麼大塊兒嗎？」

母親用胳膊一碰她——「快吃吧，都引出饞蟲來，這飯就沒法吃啦！」

雙環咬著筷子說：「長大了，我也要『公出』！」

第八章

雙環長大了，果然實現了她的理想，她不但經常「公出」，她「公出」時，還有前呼後擁。雙環已經是一個要害部門的領導了。

一切的一切，都緣於雙環的美貌。母親說過：「這孩子，最像她姥姥！」那應該是指的秉性。而相貌，母親說過：「那鼻梁、眼睛，完全是從姨姥姥臉上扒下來的。」

姨姥姥，就是姥姥的妹妹，當初那個念了護校的李園。姥姥一個人開了「滿堂春」，不讓妹妹下水，可是神不知鬼不覺，這個姨姥姥，自己把自己嫁出去了，當了人家的小老婆！

母親給我講，她當小老婆，是假，真實的身分，是打入，打入那個大商人身邊，目的，是策反，讓他的軍火，支持山裡的游擊隊。李園讀了書，受了進步的影響，她不再甘當亡國奴，以護士的名義，千方百計，接近那個商人。商人在國民黨裡有職位，亦官亦商，他的軍火，讓游擊隊死傷慘重。李園為了讓丈夫相信她，進門就給他生了孩子，第一個，說是沒活，給扔了。不久，李園又懷了孕。她的策反工作進展不大，如何恩愛都行，一旦關心戰事、關心商人的財力，那個老頭兒就用凌厲的眼光看著她。一次，老頭兒發現她的手鐲不見了，那個東西價值連城，問她，她說不小心磕碎了。老頭要碎了的玉鐲，李園拿不出來。過不久，李園的鑽戒也沒了。老頭兒開始對她留心。

就發現了她的祕密。

姥姥知道妹妹跟了商人，當了小老婆，當時是痛不欲生。動用一切關係，警察王東山幫助出了大力，最後，尋到了，那時李園已經懷了孕。王東山告訴姥姥，這個心思，動不得了。那商人勢力太大了，日本人都要給面子。

姐妹兩個見面，妹妹沒有多說。只告訴姥姥，她現在的生活，很有意義。姥姥看不出她有什麼意義。姥姥說如果知道妹妹就這麼短的眼光，她早給她尋一個好人家了。開著堂子，手邊的巨賈，不多得是。

李園說不只是為了有錢。更多的，她告訴姐姐，「你現在還不懂」。

對這個妹妹，姥姥有點灰心。她帶出來三個弟弟、一個妹妹，實指望能有點出息，可是，老大丟了，現在的老二，當著警察比匪還匪。老三，也不是個省心的。妹妹，也蹚了混水。家門不幸啊。看來爹娘，上輩子，沒積什麼德。

商人老頭兒發現了李園的祕密，他對她的懲罰，是大半夜裡，把她攆出了家門，讓她光著身子站在屋簷兒下，秋雨「滴答，滴答」淋著她。腳下，是碎石子兒。寒冷、疼痛、羞恥，讓她渾身打顫。共產黨的意志不是鋼鐵，李園越來越冷，呼吸都微弱了。待老媽子出來給她披上衣服，抱她進屋，李園就一病不起了。

流產、結核，李園的身體幾個月內變成了紙糊的。

她沒有扛過老頭兒的審訊，也抵不住活下去的誘惑，她還想見見她的姐姐。老頭兒告訴她，只要放棄立場，一切，還跟從前一個樣兒。

「只要不革什麼命，一個女人家，錢，可勁兒花。」

李園堅持了一陣兒，搖擺了一陣兒，最後，她放棄革命了。那個商人老頭兒，確實對她不錯，看她一心跟他過日子了，馬上給她換了洋房。

但，李園的病越來越重了。

母親只見過一次她的姨娘，也是最後一次。母親說，姨娘的臉上有結核紅，漂亮得像畫兒上的人。她管母親叫「小寶貝兒」、「我的小寶貝兒啊」——而姥姥一直叫她「要帳的」、「欠帳的」、「小冤家」、「小祖宗」。

母親說姨娘死前連張照片都沒留下，不過，「看著環子，就看見你姨姥姥了。她們長得一模一樣」。

雙環確實漂亮，小時候，雖然我們是雙胞，可常常是，她在母親懷裡，而我在地上玩耍。和弟弟宋財一同淘氣了，父親的巴掌能毫不猶豫地落在宋財身上，到了雙環那兒，就半天落不下來。吃什麼東西，也是可著雙環吃，這使她的嘴特別刁，就為了吃也發誓長大了要「公出」。家務活兒，也是我們幹得多，她做得少。雙環的美貌，在她童年少年和青年，一路特權。

母親常用「坐生娘娘，立生官兒」來詮釋雙環的命運，我和雙環一胞，我痛快兒地就出來了，到了她，遲遲不動，費了老大的勁兒，才大模大樣地，坐著，屁股在前——坐著出來的。這樣的姿勢，叫「臀兒生」，是萬萬萬分之一，娘娘命呢。而眾多的庶人，不都是頭朝下就鑽出來的嗎？

雙環占盡了漂亮的便宜，她的漂亮就是她的通行證，上中學時，除了語文，她沒有一科能聽懂的。上課回答不上問題，多數學生都要罰站，最次老師也要貶損挖苦。而雙環，她沉默地站在那裡，尊貴而高傲，化學男老師像對不起她似的，直擺手——「坐下吧，坐下吧，宋雙環。下次別忘了複習啊。」

十六歲時，雙環讀夠書了，她也想上山，當知識青年。她還把自己的名字，改成了宋朝陽，她覺得宋雙環太土。她要上山下鄉，去工作，去掙錢，不再過這吃包穀麵的窮日子。

母親問她：「你才十六歲，上山吃得了那份苦？」。

雙環說「把年齡改大兩歲唄」，她不回答吃不吃得那份苦。有錢掙，比上學強。——她是這樣認為的。至於年齡不年齡，很多同學都是這樣改的。

當時三哥宋榮已經是縣團委的資深幹事了，有弄副科級的指望。母親就把改年齡、改名字這樣的重擔，落實到了他的肩上。

宋榮說：「雙環啊，你以為那山，是那麼好上的嗎？多少男的，都扛不住，你小小年紀，就掉錢眼兒裡了。」

雙環不接他們的問話，堅定地閉著嘴角，不說話。

然後，宋榮就按母親的旨意，給雙環辦成了知識青年。

雙環去的地方，叫香水河，名字很詩意，地方很糟糕。景色優美，那得遠看，離近了，草叢裡的花斑大蟲子、毒蛇，讓女知青們發出一聲接一聲的尖叫、慘叫。飯菜，那就不是人吃的，大鐵鍬翻炒豬食一樣的大鍋燉，麵食裡有蒼蠅，清水一樣的湯裡，飄著的不是油花，是蚊蟲的屍體。

雙環是第二天早晨去的香水河，第二天晚上回的家。

黑咕隆咚的，外面撲進來一個人。母親一看，這不是雙環嗎？雙環滿臉淚痕，像一尾魚，「嗖」地一躍，一頭趴到炕頭兒上，打著挺兒，號啕大哭了。

雙環說：「我不當知青了，我還想念書。」

想上山就上山，想下山，還得再改年齡回學校。這樣的擔子又落在了宋榮的肩上，誰讓他是公家的人，跟知青辦認識呢。三哥宋榮抱怨母親：「你這樣慣著她，讓她以為，她是生在了縣長家嗎？」

雙環沒有生在縣長家，但是，雙環碰到了亞麻廠的廠長，她嫁給了廠長的兒子。

大哥宋富已經是亞麻廠的工會幹事，無所事事的雙環，去省城找哥哥玩，就巧遇了廠長。當時，雙環像一道陽光，讓老廠長的眼睛亮了一下。然後，她就被老廠長分配給了剛剛當兵轉業的兒子。他兒子叫李兵，接過父親的槍，進廠沒一年，就當了勞資科長。雙環第一步，是勞資科長的太太。

四室兩廳的房子，雙環可著勁兒地住。飯食上，也遠遠超過了她曾羨慕的會議飯「四菜一湯」。廠長家有保姆，雙環生了兒子，又給雇了廚娘。母憑子貴，雙環再上班，公公把她從化驗員，一下就調到機關當幹部了。雙環有過一段幸福的時光。

這時候，雙環又把自己的名字，從「宋朝陽」改為「昭」陽，覺得「昭」更能母儀天下。

有一天，雙環出差回來，她看到家裡的床上，丈夫正跟一男人，赤身裸體。此前，她只想過，不定哪一天，她會抓到丈夫跟女人，因為她覺出了丈夫對她的冷。眼前，是一個男人，兩個男人，她的驚駭，讓她發出了聾啞人一樣的驚叫。她實在不明白，眼前這是怎麼回事。

公公婆婆都沒給她解釋，丈夫，更是一言不發。雙環過後想了很久，如果丈夫跟的是女人，她現在，只有心痛、心傷。而眼前，那一幕，讓她怎麼想怎麼噁心，怎麼都過不去那個噁心勁兒。一想床上，她無論正幹什麼，吃飯，或是哄兒子睡覺，她都要跑向衛生間……

雙環離婚了。

若干年後，雙環對我說：「當初誰知道，那是同性戀呢。」

雙環說這話時，她已經離婚十多年了。一直單身，不是她不想找，是找不到中意的。雙環就化悲痛為力量，把精神頭兒都用在了工作上。不到三十歲，就當上掃黃打非處的處長了。經常跟文化、電臺等部門，聯手對全市的歌舞廳進行掃黃。有錢有權。即使星期天，雙環休息在家，那些打電話、遞條子的，找人，求情的，都在候著。雙環在我們家，可以說是一言九鼎，那份中流砥柱的作用，可以和當年的姥姥有一拚。雙環手中，都是有頭有臉的大人物，公安、法院、地稅、財政，家裡誰有了事兒，比如宋財打架被抓了，宋華下崗沒工作了，都是雙環打電話，找人。

但雙環也有苦惱，她跟母親抱怨，請她評理：「媽，你說說，就算我哥他們當年對我有恩，幫我改過年齡，也不能訛我一輩子啊。是事兒就找我，是事兒就找我，好像我是市長似的。忙了半天落個好兒也行啊，不，我都知道，那幾個嫂子，背地裡講究（嘲笑編排）我，看我熱鬧，說我怎麼怎麼找不著男人……。媽你說他們有良心嗎？用著妹妹，使喚著妹妹，還講究妹妹，看妹妹笑話——都是什麼東西嘛。」

「一個一個的，還真沒冤枉他們，可不都像了你那些舅姥爺！」母親說。

第九章

母親說的哥哥們像了舅姥爺，是有所指的。三哥宋榮，其實非常像大舅姥爺，就是那個闖關東跑失，後來當了李連長的李大。李大是官兒迷，為了仕途，謹小慎微。他保護了大姐，但是公開場合不跟姥姥相認。李二給「偽滿」當過警察，鎮壓時，李大就在眼前，但他裝作不認識。後來，李連長當了李副區長、區長，他一直讓血緣親人們以「老鄉」相稱。姥姥抱怨過他，說他官兒迷了心竅，樹葉兒掉了怕砸腦袋。

三哥宋榮就非常膽兒小，他從團委往家裡拿一些紙啊、釘書機什麼的，總叮囑我們「注意影響」。後來，他的影響果然控制得很好，熬了幾年，提上副書記了，團委副書記。宋榮的弱項，是他身體不太好，咳嗽，臉黃。為這個，母親一直願意讓他「公出」，公出能養出好臉色。宋榮跟母親鬧了紛爭，是從他提上副書記，有了對象（戀人）史家梅以後。母親說：「這孩子，看著那麼蔫，可是好色上，跟他舅姥爺一個樣兒！」

　　宋榮跟史家梅剛認識不到三個月，就急著談婚論嫁了。婚嫁是要花錢的，這時候的母親，心情像更年期一樣不好了。她跟宋榮公開翻臉三次，背後翻臉無數次。爭端是從一隻手錶開始。宋榮戀上愛後，幾乎每晚，都不再按時回家。有時是大梅給他帶飯，有時是大梅把他領回家。開始幾次，母親還覺得挺好，少了一口人吃飯，又省錢又省事。可時間長了，母親受不了了，她說：「我養大的兒子，怎麼總跑別人家去？我一把屎一把尿拉扯大的兒子，卻去給丈母娘天天盡孝，哪有這個理兒！」

　　矛盾的開始是臉色，後來是口角。宋榮認為母親小氣，娶兒媳婦心疼錢。當初，他交給她錢的時候，她怎麼收起來得那麼利索？這些年，他掙的錢還少嗎？一分不留，全都交給了家裡。「你當媽的平時是怎麼說的？你也不花，給我攢著。怎麼到了事兒上，也跟那些當官兒的似的，說一套，做一套？」

　　母親被噎得直打嗝兒，臉都氣紅了。但她不跟宋榮討論這些細末，她從大局出發，說：「老三，你上面有兩個哥哥，下面有兩個弟弟，還有妹妹。你哥他倆娶媳婦，都是打打傢俱、做做被褥、給媳婦買兩套衣裳，就完了，哪有一開口就要梅花錶的？那可不是一般的錶，三百九啊，數兒小嗎？值咱家半個房子。給你買了，將來宋財怎麼辦？他也跟你學嗎？你大哥、二哥，人家的媳婦咱再給補上？」

「她史家梅，要塊錶可以，非要梅花的幹什麼？上海的不行嗎？再說了，她那麼高個大個子，戴塊梅花小坤錶，像啥啊。我看上海牌兒的就行。」

宋榮不說話，用眼睛盯著母親。

母親說：「看見了吧，為了媳婦，要用眼睛吃了我。」

宋榮又把眼睛望上了天，兩眼向上翻著，淚水卻嘩嘩地落了。

母親說：「宋榮，我知道你為什麼哭，你是覺得委屈，覺得對這個家貢獻大。平時除了工資，沒少往家裡搗騰東西。知道我喜歡特一號餃子粉，給領導送的時候，也不忘給我來一袋；領導家送油，家裡也是成桶的。過年過節，家裡沾了你單位福利的光，要是折錢，也不少呢。你覺得你比你兩個哥哥有功。」

宋榮不說話。

「但是你想一想，你守家在地啊，你比他們有便利。你大哥、二哥，誰不是有一分熱發一分光呢？他們都結婚了，還背著媳婦偷偷往家裡郵錢呢。上次你大哥回來，我看他穿的背心都破了幾個洞，他不知道錢好花嗎？他不知道給自己買衣服穿著好看嗎？可是他捨不得，都背著媳婦，還顧著家。」

母親也眼圈紅了。

「自從你認識了史家梅，心裡就沒我這個娘了，眼裡也沒有了弟弟妹妹。下班回家，根本就沒心思理他們，你可記得當初，你下班回來，他們是怎麼圍著你轉，跟你鬧著玩兒的……」

母親抬出了人民群眾，宋榮終於低下了頭。

「不是要錢買錶，你小子今晚都不會回來！」母親直指問題要害。

「還沒結婚，就這樣兒。她們是姑娘，不在乎，我家是兒子，我還怕這個嗎?!」最後一句，徹底把宋榮打敗了。他低下了頭，說：「不行，就買『上海』吧。」

「有你這句話，宋榮，媽還非給你買『梅花』不可，讓你堵住你媳婦的嘴！」

至此，矛盾解決。

可是第二天，史家梅又提出了新的要求，讓宋榮轉達：四套被子變成六套，兩套衣服之上再增加兩套。這叫六六大順，四通八達。

母親一聽就火了——「六套，她家要開被服廠嗎？這是聘姑娘還是賣姑娘呢？論的斤兒還是論的堆兒？買菜一戳包圓了還得降降價呢。她家姑娘……」母親氣得要口不擇言了，老三宋榮嚇得直衝母親作揖。

後來，是劉香香，姥姥的好姐妹，她借給母親錢，成全了三哥宋榮的婚禮。有一個時期，只要我們家資金周轉不開了，香香奶奶家就是我們家免利息的借貸銀行。每次去香香奶奶家還錢，母親都要帶上我和雙環兩個兵，我們挎著籃子，裡面是剛摘下的頂花帶刺兒的新鮮黃瓜、豆角，還有母親親自手工製作的韭菜盒子（母親的招牌菜，當年姥姥也喜歡這口）。我們熟門熟路，到了香香奶奶家，人家的餐桌上，是飄著香味的牛奶、油條。牛奶的味道讓母親泛起久遠的回憶，自從嫁給父親，給宋家生了一堆孩子，牛奶、油條，這些東西已經被包穀餅子永遠代替了。香香奶奶接了錢，告訴我們：「缺錢了再來拿，沒事，拆兌著花。」母親則是感動得默默無言。走時，香香奶奶總是隨手抓起桌上的吃食，油條啊，包子啊，給我們一人塞一個。母親回到家，坐到炕上，對著空氣，沒頭沒尾地感慨一句：「人啊，一輩子沒兒沒女活神仙呢！」

姥姥和香香奶奶都是這樣。

第十章

母親和宋榮鬧了分裂，父親一直算中間派。他不得罪左，也不得罪右。兩方交鋒，他就儘量避開。有時，母親會一把拉住他的胳膊，命令他別走，一定要評評理。父親左看看右看看，唉一聲，算開場；再唉一聲，也就結束了。

在這兒，該說一說我的父親宋江林了。父親命硬，硬得妨人，在他一出生的時候，因為立著來，奶奶大出血而死。父親的哭聲，是為奶奶命赴黃泉的送葬。

在他三個月大時，因為沒有奶水，又不肯喝米湯，眼看著要斷氣兒，爺爺想為他打點兒魚，熬鮮魚湯來救命，結果魚沒打回來，爺爺命喪冰河。

父親就寄養在了叔叔家，他的三叔。三叔家並不缺孩子，玉敏、禿丫頭，大小子、二小子，男男女女一大堆，自已的兒女還養不過來呢。三嬸對父親，用煙袋鍋教育。沒爹沒娘的父親，一下子就知道乖了，一口混濁的涼水，他都不再嫌棄，遞到嘴邊就喝。包穀稀飯，他也漸漸長大了，並有了一身好力氣，能幹活了。

父親長到十四歲，就是家裡一名好長工了。他差不多扛下了三爺家裡所有的苦活兒。也是在這一年，父親見到了母親，隨姥姥來鐵驪避難的李連生。

父親的能幹、偉岸，得益於他旗人血統的母親。在當時，滿漢是不通婚的，父親的父親，給旗人大營餵馬的馬夫，就是憑著樸實能幹，俘獲了奶奶的芳心，生下父親。叔叔瘦小枯乾，還一臉麻子。三嬸也瘦得竹竿一樣，羅圈腿，他們結合後生下的孩子，都矮小瘦矬。當地民諺說：「爹矬矬一個，娘矬矬一窩兒。」和那些孩子比，父親一下子顯得那麼英俊、漂亮。在和禿丫頭、三多兒玩嘎拉哈時，母親就對父親印象良好。父親呢，因為孟大哥的公款問題，撿了個漏兒。他的三叔湊倆錢兒，西屋一倒出來，不再收房租，一房媳婦，就有了。

婚後，大大出乎了三叔的意料，他本意，是侄子有了媳婦，男主外，女主內，裡裡外外，他們一大家子人，就有人侍候了。可是，母親不但不甘心侍候他們，還有把父親，拐出去，有分家另過之勢。

母親這樣教育父親：「你們一家子，一個喝大酒，一個抽大煙，弟弟妹妹一大幫，天天啥也不幹，就知道趴在炕上耍。這樣的窮家，就是一個大窟窿——你累折了腰，也填不滿啊！」

母親還說：「他們養大了你，不錯，我們也記恩。分家後，咱們月月給他們贍養費、養老錢，讓他們不白養大了你，這樣，不也還情了嗎？」

「要是一大家子都這樣一起混，一塊兒糗，最後，都糗死拉倒。」

「道理是這個道理，可是事情，不能那麼幹。」父親為難。

母親又說：「人多沒好飯，豬多沒好食，這大鍋飯，最要不得了。」父親天天最累，可是他要跟大家吃一樣的，頓頓包穀大餅子，沒有一點油水，身體累垮了誰心疼？「黑爪子掙錢白爪子花，這樣的日子，永遠過不起來，旺不了！」

父親的弟弟和妹妹，三多兒、禿丫頭，她們從前綽嘎拉哈時是玩伴，現在，是姑嫂。小姑子自古要告刁狀，嫂子沒給她們做飯了，嫂子給白眼兒了。這樣，一場場嘴仗就不可避免。母親趁又一次嘴仗打起，三叔、三嬸偏袒著斷官司之際，果斷地撕破臉，提出分家。她說：「既然大家在一起不愉快，都這麼憋屈，就分開吧。分開單過，是福是罪，誰也別怨誰。」

「我和江林搬出去。」

「搬出去？你可想得倒美！」三嬸的煙袋把炕沿都刨出了個坑。

「我們白養小林子長大啊？」三叔也會算帳。

「我們出去可以月月給你們錢，算養老費。」

「那也不行！拿兩個錢兒就算完了？家裡一大攤子。」三叔說。

「是啊，一大攤子，大家都有手有腳，卻不幹活兒，江林成了你們的長工，我是你們不花錢的老媽子。這樣的日子你們當然不願意散了。」

「你沒良心。當初，我們家可沒藏著掖著。沒我們兜著，你還嫁不了我們小林子呢，是你自個兒願意的。」三嬸的嘴可比銅頭兒煙袋鍋兒厲害。

揭短的羞怒使母親意志更加堅定，她說：「就算我當初是願意的，你們一家老小，也不能賴在我和江林身上一輩子啊。」

「賴」這個字讓三叔憤怒了。「太不像話了，這還是晚輩跟長輩說話嗎？反了天啦！」三叔蹭蹭蹭衝到那堆破爛棉花堆，抓出父親的那條破被，扔一條大魚一樣，把被子扔了出去。「分吧，分吧，滾犢子吧。」軟塌塌的被子讓小個子三叔一下扔出那麼遠，可見他的怒氣。

父親正下班，被子把他蓋了個正著。肯定是屋裡又交火了，一個時期以來，母親鼓動他分家，父親左右為難。他頂著被子進來，被三叔喝住：「小林子，你說，你媳婦要分家，你是願意還是不願意？你想不想出去單過？」

三叔暗想，借這個侄子一個膽兒，他也不敢說分吧。從小到大，父親的老實都是出了名的，現在，眾目睽睽，他敢跟他媳婦一個鼻孔出氣？

父親抬頭看著他。

父親的猶豫使三嬸搭了腔兒：「哼，白眼狼。沒了媳婦就不活了？」

一句話似提醒了父親：「是啊，沒了媳婦咋活呢？」年輕的父親剛剛嘗到日子的滋味、媳婦的甜頭，沒了女人，這可怎麼活？

父親就開口了，說：「分吧，分了單過我也養你們老。」

三叔手裡的酒瓶子，綠色流彈一樣帶著呼哨就飛過來了。父親躲閃有技巧，這得益於他平時練就的躲銅頭兒煙袋鍋的功夫，酒瓶子在空中走了一個拋物線，再落到地上，碎得很徹底。

滿屋酒味飄香。

叔侄的養育帳，就在酒瓶飄香和破碎中，兩訖了。

父親和母親說話算數，他們不但分文不取，還把家裡欠下的八十多萬外債（當時的東北九省流通券，面值最大有一千元的），給還上了。鬧革命成功了，兩個人的日子歡天喜地，全身都是力氣。宋富、宋貴，宋榮、宋華，一個接著一個。他們開始了新生活。男人白天去上班，晚上跟母親學文化，有了文化的父親還從工人階級隊伍，走出來，當上了幹部，成為宋監理。成了宋監理的父親穿制服、鋥亮大皮鞋，頭形也分成了三七開，手腕上還戴著亮閃閃的手錶，臉上天天都是笑容。他們白天工作，晚上不惜力，富貴榮華、金銀財寶的誕生，就是他們相親相愛的有力證明啊……

第十一章

金寶、銀寶的夭折，讓大姐宋華，有很長一段時間，在我們家說話都低著頭。我愛金寶、銀寶，但我也愛大姐宋華。她每次下山回來，都要給我帶一點東西，有時是一包野果，有時是一枚紅了的楓葉，實在沒什麼可帶的，她就給我一個擁抱。有一天，她拿回了一大包東西，是一方花格子毛巾包著的畫筆和顏料，還有一本油印漫畫。漫畫上面墨跡斑斑，用手指一翻，油墨就粘到了手上。一個戴眼鏡的女人，身體是條蛇，橫在那裡。我後來知道，那是江青，他們被打倒了，叫四人幫。大姐指著冊子上的漫畫，告訴我說，她們場的小尹子，就會畫這個，因為畫這些東西，她從來不用上山，風不吹、蟲不咬的，更不用出苦力——畫畫兒，這是最俏的一個活兒。大姐鼓勵我，從今往後，就天天學畫畫兒。長大了，有這樣一份工作，乾乾淨淨，出出黑板報，就拿錢，多好。

大姐認為小尹子的畫畫是一門手藝，天天不閃腰、不岔氣兒，站著、坐著都能把錢掙了，全天下也沒有這麼恣兒的活兒了。

這本畫冊成了我最早的藝術啟蒙。大姐走後的日子裡，我沒有老師，完全是自我摸索，畫得很費力，不得要領。倒是那本冊子上的文字，讓我讀了又讀，眼鏡蛇、美女、四人幫，她們給了我無窮的藝術想像空間，讓我從此熱愛上了美妙的文字……

後來，我發現，我真正熱愛的藝術，是手風琴。有一天，宋財和他的同學，在一起討論郊遊，他們從學校弄來了手風琴。當我聽到「嗡嗡」的手風琴聲時，我長時間地，不能動了，彷彿靈魂飛出了軀殼。他們去河邊，我也跟著去了。浩淼的河水，是他們的背景，乾淨的沙灘，是他們的舞臺。觀眾，就我一個。可我是那樣迷戀、忠貞，他們都玩累了、夠了，下河捉魚去了，我坐下來，抱起那架琴，無師自通地，拉了起來。

我把手風琴摁出了曲子，那是我從快樂琴上學會的譜子，我拉出了〈雁南飛〉——「雁南飛，雁南飛，雁叫聲聲心欲碎。」我的肩膀勒得好痛，整支曲子拉完了，我還堅持拉第二遍。另一面的貝斯鍵，我也是自悟配合的。不知什麼時候，他們已經坐在了我的周圍，他們給我鼓起了掌。那天宋財還說：「琴，咱們先不還了，讓雙蓮，多玩幾天。等暑假過完，再還回去！」

這架重重的手風琴，被我抱回家了。學過一點樂理的宋財告訴我，黑鍵盤上那個帶小坑兒的，是基準音。找準了它，其他的，就好配合。當天，我晚飯都沒吃，一直在院兒裡練琴。有一本歌兒譜，照著上面來，那曲子會得更多。到了晚上，只覺雙肩火燒火燎地疼，脫下衣裳偷偷看，手風琴的兩個帶子，像兩把燒紅的烙鐵，竟把我的肩膀烙成了兩條紫色的印子。後背酸，前胸，一直覺著礙事兒。這時候我忽然想，如果我也有一件大姐宋華那樣的「小衣服」，是不是練起琴來會舒服一些呢？

那天晚上，我決定自製一件「小衣服」。這種小衣服大姐有，前面是一排密密麻麻的扣子，特別緊，勒著胸部。我曾問過宋華這小衣服有這麼多扣子幹麼，大姐說這不叫小衣服，它叫「大布衫兒」。

這麼小的小衣服怎麼叫「大布衫兒」呢？我不明白。

「等你長大就明白了。」宋華說。

現在，我明白了，小衣服（大布衫兒）的作用就是緊身，方便幹活，也方便拉琴。這晚，我自己動手，照著大姐那件衣服的樣子，偷來母親箱子裡的碎布料，一片兒一片兒，開始剪裁。大家都睡熟了，我設想著，明天早上，我就能，穿上我自製的小衣服，不鼓胸、不駝背地練琴了。一邊做一邊心裡得意，那屋的燈忽然亮了起來，嚇我一跳，母親看見了，是不得了的。我呼隆一下子，把剪子、針、線，還有那些花瓣兒一樣的一片片材料，團巴、團巴，一下塞到了褥子底下，關燈倒頭裝睡。

母親好像小解，幾分鐘後，那屋的燈又黑了。

我再次起身，投入工作。這回，我加快了速度，不再斟酌片兒與片兒之間的順序。可是，我的縫製技術不支援我的速度，不是縫住了不該縫的，就是漏針了，要麼線太長，打了結。就在我手忙腳亂，忘記了邊製作邊觀察敵情時，母親已經，站到了我的面前。

我呼隆一下，又要把那堆東西捲到褥子底下。母親臉色很冷，她問我：「你在幹什麼？」

「沒幹什麼。」

「撒謊？」

「真的什麼也沒幹。」我把那堆東西團巴、團巴還是往褥子底下塞。

母親一把拽出來：「這是什麼？」

我不說話，眼睛瞪得視死如歸。

雙環手欠，她一把抓出那堆布料，說：「媽，她在縫小衣服呢，她想跟我大姐一個樣兒。」說著，還一片一片地抖摟起來，「喊」了我一下，說：「不知害臊。」

母親生氣了，她聲色俱厲：「雙蓮，你才多大呀？我還以為你在縫小口袋玩，原來你在弄這個！你才多大呀?!——」母親不屑又痛恨的神情，影響了我的一生。後來，當我離開小縣城，到了外面的世界，生活好了，才知道，那種服裝，它既不叫「小衣服」，也不叫什麼「大布衫兒」，它的準確叫法，應該是「胸罩」，或者「文胸」。又過了若干年，這種東西不再是女人的內飾，光天化日，女人也可以穿著它們拍照、游泳、沙灘上玩兒。款式和顏色，不再是千篇一律，「罩杯」的大小，完全因人而異。不幸的是，對於我來說，那些花花綠綠的東西，有很多年，我都懶得看它們，更不願意，觸碰。

第十二章

我婚姻的不幸，除了罩杯的障礙，還因為賈楠。賈楠是我在亞麻廠的女友（女性友人），她為人熱情，唱歌跑調兒，嗓門粗過男聲。當我們大家累了，就會坐下來，讓賈楠來一段。她唱的歌，能把一圈人笑翻，勞動的疲乏，也隨著笑聲，散出去了。

晚上，我們躺在宿舍，睡不著時，由賈楠講故事。她的故事都是真的，她的母親是醫生，她講的多是和嬰兒有關的內容——醫院又發現三條腿的棄嬰了、沒人要的豁唇（兔唇）了、啥毛病也沒有的胖小子等。賈楠邊講邊給答案，她說啥毛病都沒有的，還被扔了，就是大姑娘養的。

那時我的心裡咯噔一下，母親就是啥毛病也沒有的人。她的母親，也是大姑娘？

賈楠還說過一個老頭兒，她媽醫院燒鍋爐的。「那老頭兒，一輩子沒結婚，光棍兒。大家都奇怪，他怎麼天天紅光滿面，那麼大歲數了臉上卻沒有皺紋。就算他天天喝人參酒，也沒這神奇功效啊。還有，誰都有個頭疼腦熱、跑肚拉稀，可他，長年累月，沒生過病。老頭兒好像也不想女人，從不跟女人逗悶子，每天，按時來按時走，誰都說不出他的不好兒，可是，總覺哪兒不對勁兒。」

「有一天，一醫生去他家拿點東西，正趕上他吃飯，一旁是他的酒壺，玻璃的，媽呀，你們猜他看到了什麼？那老頭兒的瓶子裡，泡的全是人體各種——我媽說噁心死了。」

「後來公安局把他抓走，問他從哪兒搞的那些東西。老頭兒交待，他跟看太平間的那個看屍老頭兒，老哥倆經常聯手，喝一壺。」

「老頭兒說：『吃什麼管什麼。確實挺好。』」

賈楠說：「老頭兒還交待了他用那些東西包過餃子呢，可香了。」

大家聽到這，都說：「噁心，要吐了。」讓賈楠別說了，別說了，再說點別的吧。

賈楠就又回到胎兒、棄嬰。

賈楠說，也是她媽那個醫院——「有一天，洗手間裡，扔著個盒子，不用問，有經驗的老大夫就知道是棄嬰。她把院長、領導，還有派出所的，都叫來了，讓大家當著面，打開了紙殼箱子。天啊，裡三層，外三層，那小孩正睜著眼睛呢，沒哭沒鬧，全身上下檢查兩遍，一點殘都沒有，還是個男孩。這是為什麼呢？翻找了半天，被子裡掖個條，上面寫著孩子的生辰八字。多餘的，一句話沒有。大家就猜，這又是哪家的大姑娘被禍害了，生了孩子沒法養，就扔了。你想啊，有爹有娘的，小孩兒又不缺彩，哪都挺好，誰能捨得扔呢？」

那個晚上，因為這個話題，大家就討論起如何防範男人，防被騙。賈楠的經驗是，「怎麼著，也不能跟男人那樣。只有結了婚，才能那樣」。

「那樣」是什麼樣呢？跟男人一被窩兒就會那樣了嗎？賈楠成了解惑的老師，她跟她媽學了很多名詞，聽得大家臉紅心跳、熱血沸騰。我們大致地明白了嬰兒產生的源頭。賈楠還教給我們，如果男人強行想那樣，不管他是誰，她說她媽告訴過她一個最好的對付辦法。

我們七個小腦袋，都伸了出來：「什麼辦法？」

「掐住男人那兒，死攥住，別撒手，他就不能了。」

「天啊，那地方——」女孩子們一想都臉紅。

賈楠說：「害臊也不行，就得掐那兒。」接著，她說她媽說了，「下不去手可不行，歹人就得逞了。那我們一輩子就完了。」賈楠又舉出一個她表姐的例子：她表姐是中專生，放暑假的時候，回家下火車是半夜，她想抄近道，就沿鐵路線，一直走。走到後來，後面跟上一個人，表姐害怕，但是她沒辦法，四面都沒人。她就快走，那人也快走，幾乎是小跑兒了，眼看要追上了。表姐突然一嗓子，把那人嚇一跳，站下，四外看看，再不下手，怕遲了。那人就直撲上來，把表姐抱住了。

「表姐要是有那一手，能攥住男人那兒，就好了。可惜，表姐當時不知道，她摘下了錶，給那人。那人說：『錶也跑不了，人也跑不了。』兩個人撕擄了半天，表姐還是被摁倒了。身子底下是道邊的石頭，硌得表姐很疼。表姐摸起地上的石頭砸他，他搶過石頭把表姐打暈了。我媽說表姐就因為這事兒，後來都沒畢業，生生挺著一個大肚子，又找不著人……」

大家唏噓，半天不說話了。

第二天晚上我們小姐妹集體看電影，回來的路上，沒有路燈，胡同兒很黑。我們內心複習著賈楠傳授的女子防身術，一直到進了工廠的北門，都平安無事。後來，當我走進了婚姻，才有機會對這一功夫得以實踐。那時，燈一熄，不等丈夫抓住我的手，我已經先下手為強，穩準狠地使出了這一招兒，疼得他直嘶氣，裂著嘴說：「你傻啊，變態呀，有福不會享啊！」如是幾次，好景不長，我們離婚了。

第十三章

母親是六十歲這年，身體有疾的。她讓父親陪她，再次去了哈爾濱。這麼多年來，她讓宋富、宋貴，還有宋榮、宋華，都幫她尋找過母親，她的生身親娘。這些人的尋找，都繞不開姥姥這一關，他們給姥姥買好吃的、好穿的，姥姥高興，說沒白疼他們。當年，姥姥一怒之下回了哈爾濱，揚言和她斷絕母女關係。後來，也果然沒再來鐵驪。母親接二連三地生產，她都沒有再來。母親顧了小的顧不了大的，正如姥姥所說，有狠心的兒女，沒有狠心的爹娘。母親照顧不了這一堆，宋榮、宋華，就輪番送到了哈爾濱，由姥姥漿養。姥姥說：「我這兒成了你們的幼稚園、福利院了。」說是這樣說，哪個送來，她都高興。

宋富和宋貴，和姥姥開什麼玩笑都行，就是不能提媽媽，當年的來路。一問，姥姥就翻臉，說：「你們不是來孝敬我的，你們是你媽派來的探子。」

宋貴會逗姥姥，他說：「飲水思源，我是想聽聽你當年怎麼養大的我媽，姥姥你肯定不容易。」

一這樣說，姥姥就來勁了。她說：「你媽抱來，沒有奶，是我一口粥一口粥餵大的。沒有我，你媽早死了。沒她，也就沒有你們。你們幾個，可不能忘了姥姥。」

「那是，我們都多虧了你。姥姥。」宋貴說，「不但我們感謝你，將來我們的兒子、兒子的兒子，子子孫孫，都要感謝你。沒姥姥您，就沒有我們。」

但是，宋貴又問：「我怎麼聽我媽說，你們疼她，沒有二心，跟自己的孩子一樣？好像哪個老鄰居說，我媽就是李家的人。」

「別聽你媽臭美了，誰跟她有關係！」姥姥又怒。

宋貴跟母親學了姥姥的彎彎繞，說：「如果她不是我姥姥，我就給她上老虎凳、竹籤子，不信她的嘴比江姐還硬。實在不行，我把小腳老太太吊起來審，只要媽媽你不心疼就行。」

母親被他逗笑了，眼裡湧出淚花。她嘆息：「我就不信，我真的跟那孫悟空一樣，是從石頭窠兒裡蹦出來的？」

母親再去哈爾濱，用的是攻心術，她和父親背上姥姥最愛吃的豬頭、整副豬蹄兒、豬下水，這都是半夜三更，父親用一根兒老朽的木頭，慢慢地，燒爛的。鹹香的滋味全烀進了豬頭裡，聞著就要流口水。母親已經想好了，這一次，無論姥姥怎麼急，她都不翻臉，不跟她急。

以柔克剛。

這時的姥姥，已經九十多歲了，國家領導人的年齡，不聾不花，一口燦爛的假牙，吃什麼都香，咬鋼嚼鐵。看母親率領父親背來的整個兒的豬頭，她眉開眼笑，說：「小連生，我沒白養你啊。」

母親說：「我都多大了，媽，我也老太太了，別再叫我小連生、小連生的了。」

姥姥說：「你多大在我跟前兒也是孩子，也得叫連生，改不了。」

姥姥說：「小連生，你這麼孝敬我，你那點小心思，我知道。還把江林搬來了，你為什麼來，我心明鏡兒似的。你剛有漢子那會兒，心裡可沒我，十年八載，都不想我這個媽。那時你什麼都不認。現在，你三番五次地來，還背來了這麼多好吃喝兒，不就是想從我嘴裡套話嘛。」

母親說：「媽，你老人家火眼金睛，我也不說別的，就等你話兒了。」

「什麼話兒？實的我說了你也不信，假的你讓我編？」

「你不說，我也有辦法。三舅的地址我都打聽出來了。」

三舅就是姥姥當年的那個三弟，李三。二弟被鎮壓了，這個三弟，吃喝嫖賭了一輩子。大弟弟，當年的區長，吃得太胖了，腦溢血，也死得很早。一家子，就姥姥長壽，姥姥不願意提他們。

「小連生，你還真能打聽，你是要把我的老臉都丟盡吶。」姥姥說。

母親說：「我都一把年紀了，我不能白活。」

「那我就實話告訴你，你媽當時是個窮人家的大姑娘，被人給禍害了，有了你，生出來就送人了。送來送去，轉到我這兒都是一個老頭兒了，他抽大煙兒，養不活你，就扔到我屋簷兒下，我就撿起了你。」

「那個大姑娘是被誰給禍害的呢？聽說是一個叫李二的警察。」母親像嘮別人的家常，儘量不動聲色。

姥姥一下就翻臉了：「小連生，你血口噴人，往自已的腦袋上扣屎盆子是吧。」

這一次，母親沒有吵翻即走，她改變了戰略，讓父親先回了，她似乎打算長住沙家浜了。第二天，她早早地起，說出去給姥姥買點心，道外區，一道街、一道街的，母親乘了公交，一路一路地倒。她的目的地是江北，老棚戶區。上一次，那個老鄰居告訴她，想打聽明白自個兒，還得去江北，找她三舅。「那老頭兒還活著，什麼都知道。」

母親一條街、一條街地看，仰得脖子發酸，在她手裡，提著著名的「老鼎豐」點心。可是走了三個來回，沒有那個門牌號。母親試著敲開了一戶院子，開門的是個老頭兒，年紀也不小了，他聽了母親打聽的那個地址，歪著頭想了半天，說：「那個呀，那是解放前的叫法了。現在，早扒了。」

回到家，已是中午了。母親知道會有一場硬仗等著她打，果然，姥姥不問她去了哪裡，而是叉開兩隻小腳，篤篤定定地看著她，那意思——交待吧。

母親也不驚慌，回來的路上她都想好了，那是一種絕望的想好。她詐姥姥說：「我見過三舅了。」

說完，也篤篤定定地看著姥姥，等待姥姥的反應。

姥姥的手已經接過了那包點心，那是她熱愛了一生的、吃一輩子也沒厭倦的「老鼎豐」。聽了母親的話，姥姥有過一秒鐘的猶豫，兩秒，三秒，然後，姥姥兩隻手像掄鏈球一樣，把「老鼎豐」狠狠地擲了出去——圓圓的點心像棋子兒，軲轆轆轆——在母親的臉上、身上、地上，滾開了……

母親沒動，她眼含熱淚，說：「媽，如果敲開你的腦殼能讓我知道真相——我真想，敲開你的腦殼！」

尾聲

我的名字叫雙蓮，和雙環是雙胞。幼年時家裡來過一個穿著打扮不一般的小腳老太太，母親說那是姥姥。姥姥穿綾羅，用轎夫，腰裡的銀元叮噹響。長大後我才知道，姥姥為什麼那麼有派頭，那麼奢華，因為年輕時，她開過「滿堂春」。

母親是姥姥抱養，母親的一生，都在尋找自己的身世。關於身世，姥姥給過她多種答案：大姑娘養的沒臉活了，把孩子給人自己跳江了；父親是抽大煙的，抽不起了，賣了孩子；火車站撿的；屋簷下拾的……。而在母親的尋找中，絲絲縷縷，她可能就是她的養母所生；也可能是她的姨娘所棄；還有，她的舅舅，那個花天酒地的警察，他的私生女；再或……。母親的身世成了羅生門。

母親走在姥姥的前面，一個人都要死了，而活著的還不肯給她答案，這是怎樣的祕密啊！難道，這個世間，真有所謂的天機？——天機為什麼不可泄？恍然的答案讓我的後背一陣發涼。當然，在這兒我就不說了，要說，那得是下一部的故事了……

——二〇二二年四月十七日修訂

——二〇二四年春再校

人間好物

河水高漲時，魚吃螞蟻；河水涸成灘，螞蟻吃魚。

——東亞諺語

楚紅衛在一個上午的時間，接連打了三個電話。生氣加憤怒使她的聲調陡高，是辦公室有人扒頭兒，她才馬上裝作平靜，斂容，正色，像什麼事也沒有發生。

來人告訴她，一會兒開會。聽了這個魔咒般的通知，她簡直要上去捂對方的嘴。她對那個總是喜歡給別人開會的女人痛恨極了，可是臉上，卻表現得平靜，甚至有幾分誠懇，對來人近乎鄭重地點了點頭。

這番嘴臉，有點像孫悟空的那隻毛毛手，臉上一抹，立馬可以隨意變幻出一款，翩翩公子、貌美女郎……。體制內待久了，大家都有這種本事，只是楚紅衛的修煉還沒到家，屁股下的尾巴還不時翻翹出來。這不，扒頭的身子還沒有完全消失，她已夜叉一樣臉黑心毒，咒罵錢淑姬了。

錢是她們的老大，群藝館館長。

本來，楚紅衛計畫用上午的這點時間，打打電話，處理處理雜務。辦公室的電腦，已經全部連接後臺，開始有人不知道，還打麻將、炒股、看黃片，把辦公室當成家裡。辦公室的副主任小孫，就因這個免了職。美術室的大李子，也因此不能提拔。許多人知道了厲害後，怕雷擊一樣躲著單位的電腦，黑黑的屏基本成了擺設。楚紅衛的本職是寫戲，為群眾提供藝術服務。可是人民群眾早已不喜歡了她們的這門藝術，往劇場拉都沒人願意去。她就開始畫畫，寫小說。但電腦上不能出現這些，這都是不務正業的證據，有罪。她就把上班的時間，當成處理雜務時光，總之，別把時間浪費了。

第一個電話打響時，她還努力優雅。這個年紀了已被歸入老婦人的行列，再惡聲惡氣，不好。她對客服小哥說：「你們創業不容易，我願意支持。我的孩子也像你們這麼大。可是，你們不能這樣啊，這是吃的東西，要是能用，我就送人了。你們還標著假一賠十，我不用你們賠十，你們就把那真牛奶，給我發過來，替掉這箱就行。」

小哥的聲音像機器人，連連抱歉。他說：「換貨、退貨都可以，只是物流不由我們。現在管制。等到能發貨時，要退、要換隨您。」

也是那麼優雅、客氣，言必稱「您」。

楚紅衛瞄了一眼手機，還有二十來天，就是春節了。然後是漫長的正月。待到可以物流，可以換貨時，估計這箱牛奶就變餿了。

對方再次說著抱歉。

其實，他們沒有一頭髮絲兒的歉意，相反，心裡可能正在得意，看，就憑著一根虛虛的線，看不見的線，任你山呼海嘯，任你霹靂雷霆，人家就是用棉花對鐵拳，「不高聲，不回懟，不失禮，不著急」——四不的忍功天下無敵。目標就是耗得你沒力氣，沒脾氣。任你聲嘶力歇，醜態獻盡，認慫為止。

這樣的遭遇她已經不是第一次了，這個叫某東的平臺，她還買過一隻電動牙刷，大幾百，說是進口的。那筆費用讓她猶疑了很長時間，可是拿到手後，商家造假都懶得，物品敞著口就來了。她一遍遍地打客服，找平臺——電話那端永遠是唸經式：「對不起，我們支持不到您」——也是言必稱「您」，可那小姑娘一定耷著眼皮兒，心裡竊笑。

這是她們的必殺技。

楚紅衛下過決心不再在虛空裡買東西，可是不在這兒買，又能去哪兒買呢？超市就像個大豬欄，蔬菜水果都是噴了又噴，誰又比誰好多少？這沒有選擇的兩難，多麼像眼下的工作和生活。

「開會了，開會了！」小趙在走廊喊。大家的腳步是那麼興奮。自從錢淑姬來當了館長，這裡的會就多了起來。且是那種沒有事先通知，也沒什麼計畫，想開就開，臨時起意的會。楚紅衛最煩這樣。

橢圓桌，人們迅速圍攏好，十年前是隨意坐，現在，都知道自己該坐哪裡，不貼籤兒也能各就各位。錢淑姬當然是橢圓的那個頂兒，老大，永遠中心。今天，她又是一個人主持，一個人唸文件，整場包圓兒，人矮氣足，多少話出去也不嫌累。她從前是唱梆子的，舞臺上大口貫，練就了一腔好肺葉。現在轉行當上了領導，肺葉功不可沒。一個大尾巴會，她能從頭講到尾，中間不氣短不喝水。

但水準不高，時不時就像缺心眼兒似的。除了搬一些偉光正的話，又會溜出街道大媽式的低俗，比如她說只佩服兩個女人，一個是慈禧，另一個，那名字她說不好說，不過，是真佩服。她不說的名字大家也猜得到。這就有些犯忌了。

單位攏共二十來號人，她昂起頭，威嚴地掃視一圈，目光是冷的。事業單位，女人多，進了這樣的單位上班、持家兩不誤。少數業務好的，開會多是低著頭。另些沒什麼本事的，總是熱情洋溢，抬著臉向日葵一樣迎視著錢淑姬。錢館長目前是這個單位最有權力的女人，掌控著所有人的命運，此時顧盼自雄不為過。

楚紅衛靜音了手機，抬臉看看，又低下頭。心想，她也快六十的人了，吃了春藥嗎？怎麼天天精神頭兒那麼足！組織上讓她來這樣一文化單位，本有賦閒的意思，沒什麼油可揩。

可她不省油，老娘坐帳一天，就行使一天的極權。合縱連橫，分化瓦解，會場上除了楚紅衛、王梓桐，其餘都是她收拾老實的，天天丫環一樣簇擁著她。就連班子裡的三個副手，也都是擺設，錢淑姬永遠要開班子擴大會，擴進來的人，是她的手臂、胳膊、腿，甚至是手中的棍子。另三個人沒有什麼發言權，所以此時的會場，他們顯得無所事事。

今天的會，是錢淑姬創造的一個新名詞，叫伸手臂，全稱是「把服務延伸，手臂伸到基層去」，為此她還專門成立了一個處。服務處設置了主任、副主任，還有一個支部書記。楚紅衛每次看到胖孩子小趙，她都想笑。胖墩墩的小趙趙立光，現在是支部書記，可人們稱呼起來，沒有人叫趙支書，都叫他趙書記。

二十年前的一個勤雜工，現在成了趙書記。每次下基層，錢淑姬都讓小趙帶隊。新聞連結裡那個坐主席臺，桌簽牌「趙立光書記」的人，就是眼前這個胖孩子趙支部書記。雖然這書記不是那書記。

「世無英雄，小子們都成了書記。」楚紅衛跟同事王梓桐這樣說過。她還說：「不但小子們都成了書記，丫頭們，也這個局長、那個主任起來，局裡局氣，任裡任氣。」她跟王梓桐說：「你發現沒有，那些人當了官兒後，走道兒都成了一個姿勢，無論男女，仄著。一肩高一肩低，歪仄。那是他們長期侍奉上級，斜肩仄的。時間久了骨骼都定型了。」

王梓桐當時哈哈大笑，她說：「哎，你還別說，你不說，我只覺得怪怪的，你這一說，嘿，真是這樣，都模子刻出來的一樣。男的也是，步子一水兒朝一順兒上歪。」

「歪好了，騎馬坐轎呢。」

「是嘛，要不，怎麼趕牛車的指揮開飛機的越來越多了。」

她們的閒嘮傳到了錢淑姬耳朵，錢淑姬咬著那口好看的碎玉牙，略咧一下嘴巴，說：「好，我倒要看看，她是開飛機的還是趕牛車的！」

楚紅衛後來知道傳話、扯老婆舌的就是胖子小趙，剛才伸頭扒門的也是他。鼠行蛇鑽，錢淑姬發了號令，他落實得比誰都快，別看那麼胖。

一個小時過去了，錢淑姬的中氣還是那麼足。她表揚了小趙，並指示說這次下去走基層，還由小趙帶隊負責。

小趙頻頻點頭，胖得腦袋像一枚立起來的葵花籽，脖子都沒了。楚紅衛暗想：「他既沒文化，又沒業務，老爹也不是李剛，他到底憑什麼，做了什麼樣的功課，和錢淑姬建立了這般生死交情呢？」

說完了下基層的事，又安排了兩個支付進度的專案。楚紅衛好像被開除在了時間之外，從頭到尾都沒她什麼事。但錢淑姬要求她每天必來，有會開會，沒會坐著。晾著，也是一種刑罰，一種懲治的辦法。

不賜給活兒幹，楚紅衛並不爭。群藝館是事業單位，每年幾千萬的流水，核心轉動的，就是那麼幾個部門。以錢淑姬為總領，一個大辦公室就足夠了。全單位小趙是跑腿，簽字的，小孫相當於貼身丫頭，大李子算總管兒兼保鏢。錢淑姬年近六十，真的過上了慈禧老佛爺的日子。

手機裡又進來一條垃圾短信，連詐騙，也是長眼睛挑著來的嗎？偶爾去商場，或中午去附近吃飯，那些手持廣告紙頁卡片的小哥，總是躥上來叫住她，要她這個，要她那個，白給，免費試試。楚紅衛覺得這既是一種眼瞎，又是一種侮辱。難道自己的穿著像個農村大媽？她很黯然。

懊惱之餘她常常偷看身邊的大玻璃，那兒相當於一面鏡子。飽讀詩書，畫得一手好畫，還懂音樂，在很多場合，她是被叫作人民藝術家的。怎麼滾滾紅塵裡，這般汙濁爛泥。

她打的第二個電話，是社區物業問題。

社區沒有房產證，城中村，圖便宜買的。便宜的代價是反覆體驗村裡人掌了權，他們的邪惡、黑心。這片城中村地段比市中心還好，是一條發展中的黃金地帶。圖便宜的不只是她家，還有退休的老幹部、商販、進城的打工人。開始時面對黑社會一樣的物業，有一個老頭兒抗議過，他應該是有些文化的退休人員。結果抗議完畢，人沒走到家，腦袋就被開了瓢兒。沒人再敢出頭。

「想重置一處住房，比重組一次婚姻還難呢。」楚紅衛想。婚姻有騙局，而這房子，它比婚姻的陷阱更花樣繁多。婚姻發現上當了，受騙了，還能散，離。而房子，它鐵索一樣套住你的身家性命，動不得，逃不得。每當她面對那些收費的人，她們咧著嘴，除了收取明面規定的，還要額外再加二十、三十元不等，叫什麼耗損。楚紅衛氣得心都哆嗦，這跟明搶又有什麼分別？她們說著村裡話，字字都不在點上，卻是一臉的豪橫，意即：「你敢不交嗎？不交停水、停電等著你。」

社區門口把門的保安，一把年紀了，眼睛卻是凶光。她沒想到村民有了權，也能發出這樣的光。他們有放你進門或不許回家的權力，可以擋著你的車半小時，指示你轉來轉去。那個被開瓢兒的老頭，就是他們幹的。楚紅衛為了少和他們打交道、少打照面，常常富婆一樣一次性就交上很多錢，全年的物業、水電，都成倍的預存進去。她實在不願意看他們的臉，不願意聽那些嘰哩呱啦的話。可是這些人兔子吃窩邊草都吃出了花樣，水管工隔三差五，就把業主們的戶外水錶偷偷搞一搞，有的是搞電池，要業主花五十元買他超市裡五塊錢不到的電池；有的，直接把錶搞壞，讓業主花幾百塊重新買水錶。楚紅衛家呢，像是大戶，既讓她買錶，錶裡曾存的那麼多錢的水，也讓他吞了。

社區裡幾十棟高樓，他們一棟一棟地蠶食，循環往復。這天，管工正以同樣手段操弄另一家，被脾氣暴的男人大吼一聲，然後大喊大叫，醜聞算掀開了。管事的解決辦法，是全部重新換錶。錶錢不要大家的了，裡面的水，誰能證明有多少，就給退多少。

楚紅衛想：「真流氓啊。我又不是錶工，那個錶我也操作不了，我拿什麼證明呢。」新的政策是，先把新錶裡充上錢，不然，沒水吃。

這分明就是搶。可是，他們卻叫物業，你花錢買的地方，由他們管著你。盤剝你。而你，一點反抗的力量都沒有。

她打電話，跟物業經理說她證明不了錶裡的餘額，可那裡確實存了很多錢，她繳過的收據，還在手裡。

對方說：「那有什麼用？你家花一萬塊買了吃喝，過一段，你還找我要這一萬塊，我拿什麼給你？」

這個電話打完，楚紅衛的臉都灰了。

她坐在那兒長時間地不動，看著牆。按說，她已經算受人尊敬的人了，到哪兒，都有人叫老師。物業換了錶，讓她再交錢，也不至於窮死。可是，事情不能這麼幹，如果這個理兒都認，那她覺得已經不是苟活，而是蟲子一樣在扭曲了。

有什麼辦法呢？如果對抗，她一個單身女人，不是比那個腦袋開瓢兒的老頭下場更可怕？就是這時候小趙來扒門兒的，她趕緊讓自己的臉色變回來。不能讓他看笑話，看見她的灰頹。十年前，她還是個喜怒形於色的女人，現在，她終於領教了厲害，她變得一年四季都是一個臉孔，有時上班能一天時間都不吭一聲。木然，鐵石心腸，安全。

她又抓緊時間打出第三個電話。楚紅衛來自北疆靠近地平線的那個地方，那裡的人像野草一樣堅韌。多民族雜交，身板壯碩，性情熱血。她記得小時候大家實在沒有什麼可取樂，竟然互撓胳肢窩、疊羅漢，長輩、晚輩，笑鬧不分。那裡的人走出來都有一個鮮明的特徵，熱誠、奔放，待人實在。可是如果惹了他，他那份狂野、不要命，也叫人害怕。現在，吃過大苦頭的她，橘生淮南，既不熱誠狂野，也不與人拚命了，風乾的蘿蔔一樣。

比如眼前這個會，純屬浪費時間。一切內容錢淑姬都已安排好，讓所有人陪坐，不過是煞有介事演一遍。她心裡是鄙夷的，可表面，還是裝作老老實實、很認真恭謹的樣子。

她已經被趕出了時間之外，錢淑姬不待見，所有人便都避瘟疫一般。她感嘆人生真不禁過，那麼多美好的願望，一樣都沒實現，可是一生都快過去了。那時，她在日記本上抄過這樣的詩：「願作遠方獸，步步比肩行；願作深山木，枝枝連理生。」——馮麐在她的生活裡，不是連理枝，一棵蒿子都不算。想到馮麐，她非常傷感了。

手機「叮」的一聲，進來一條微信。是馮麐。馮麐現在找她，有點像管丈母娘叫大嫂，沒話兒找話兒了。他們已經分開很久，分開後的日子，讓她漸漸明白了他們為什麼分開的答案。還有，馮麐當初為什麼願意找她。她沒有回，繼續向上滑，看到了馮麐在給鄢懷點讚。鄢懷現在是馮麐的敵人，正帶著手下兄弟好吃好喝地在外省遊玩。本來會場那個中間的位置，是馮麐的，現在已被鄢懷替代了。馮麐業務上是有兩下子的，算得上開飛機的，但讓趕牛車的鄢懷給替掉了。他是他的掘墓人，馮麐卻給掘墓人點讚。扮豬吃虎，不知道他還有這一手！楚紅衛很驚訝。

再往下刷，她發現馮麐不但點讚，還親自轉發了一條朋友圈。夠意思啊。楚紅衛心裡更驚詫。事業單位，她和馮麐都是一個圈的，讓他下臺，鄢懷頂上，這頗具羞辱性的事件誰都知道，馮麐還能這樣對待，不簡單啊，有胸懷啊。也許，他當初的處長，就是這樣當上的。

牝雞司晨，女人掌權的越來越多了。楚紅衛見過馮麐的上級，也是女老大，那個女人無論長相還是工作方式，都是錢淑姬的升級版，更高一籌。她應該是不喜歡馮麐的，排兵布陣，指東打西，總算換掉了馮塵。讓副手鄒懷粉墨登場，副職行使著正職的權力，馮塵被徹底賦閒下來。這一段馮塵總是給楚紅衛發信，沒話找話，就是被晾起來閒的。

「點讚擁護加熱烈轉發——馮塵的忍功不錯嘛。跟你生活了一場，你的這份能耐我怎麼一點都不知道？」楚紅衛低頭在手機的畫板上畫起了小鴨子，一池混水，一隻小鴨子，悠遊地游。有一股小浪，打得小鴨子翻了幾個跟頭，幾番掙扎，又浮到水面。她在旁邊寫了一行小字：「水大漫不過鴨子。」

剛才，她的第三個電話剛撥出去，就插進來一個推銷房產的。熟人一樣糾纏了半天，像是對她的家庭生活非常瞭解，知道她特別需要房子。她被戲弄得幾乎憤怒，掛斷後再撥通電信的客服，對方遲遲不接。前幾天，依照店裡那個小姑娘的指導，一步一步，下載這個，安裝那個，又是掃碼又是驗證碼的，聽從了她的意見選擇最高檔套餐，結果卻是速度慢得連個普通頁面都打不開。去店裡找，小姑娘又讓她花錢買路由器，換了路由器跟原來也沒什麼區別。再打電話問，小姑娘說：「我們這是高速，而你們社區是泥濘小道，這個，我就沒辦法了。」

「如果泥濘接不了你們的高速，那你開始為什麼不告訴我？」

小姑娘就耷下眼皮兒，無恥地笑。

還這麼年輕，就能這麼無恥啊。

網速慢還不是最要命的，那個小姑娘讓她下載的什麼錢包，也綁定了自己的銀行卡，可是登錄進去，發現是一個陌生人的名字。她問小姑娘是怎麼回事，小姑娘說可能之前的人註冊過。她要她要麼把那個人的名字解除了，要麼把自己這個註銷，小姑娘操作了半天，弄不成。她說她也沒辦法了，彙報給上級看看再說。

今天的電話就是想問問她的上級怎麼解決，小姑娘回答她，上級也沒有辦法。告訴她別再登錄，就行了。

她真想咆哮，現在的人都壞透了，怎麼能這麼壞呢？按說自己有知識有文化，不應該太失態，可是當你每天、每時，不停地遇著糟心事，心情怎麼能好呢？黯然中她羨慕起王梓桐，王家的所有問題，都由她老公解決，她只需要解決她老公就行了。小趙又扒頭，說：「開會了，開會了。」楚紅塵解脫一樣吁了一口氣。

錢館長還在說著手臂延伸，她要大家集思廣益，「不只是伸手，我們還要創新出更多的舉措，牢牢抓住基層，他們就是我們的腿兒。」

楚紅衛無聊，又塗了一幅畫，手機上的軟體非常方便，擦了再畫，隨時修改。如果人生能這樣多好啊。她不知錢淑姬在看她，她還在想自己這一生，就像草稿版，她真想像揉搓一團廢紙一樣，把自己揉掉。突然，她聽到錢淑姬說：「哎，小楚，你別總低著頭，你說說，你們部門有什麼創新性思考？」

突然襲擊，一定是看她低頭玩得太嗨了，給她個難題。窟窿橋兒，看你怎麼踩，掉不掉下去，哼！

楚紅衛愣怔了一下，倒也沒難住她。她說：「其實，我們用不著伸手臂。這就像每家過日子，各有各的安排。你總是去指揮，去打擾，可能對方並不歡迎。現在我們下去基層表現的熱情，都是裝的。裝作熱情，願意接待，那實際是一種無奈、討好。誰讓我們是他們的上級呢。」

所有玩手機的都抬起了頭。那些原本裝作記的，現在是認真聽了。

「我們作為省級單位，群藝方面的專家，要緊的是把真正的業務搞好，鑽研，學習，長本事，這才當得起專家這個稱號。不能一問三不知，自己還啥也不會，天天下去指導，指導誰呀？沒看老百姓都管我們叫磚家嘛，磚頭的磚。」

「伸手臂，更是瞎耽誤工夫。國家拿錢養著我們，我們要根據實際，把群眾文化真正做好，服務起來。而不是天天上項目，弄錢。我們多少業務部門的負責人不懂業務，瞎指揮，老百姓瞧不起我們，叫磚頭也沒冤枉。更關鍵是，伸手臂服務要根據下面的需要，像現在這樣，打秋風一樣隔一段下去走一趟，然後發幾個新聞連結，證明我們在工作，熱鬧是熱鬧了，但啥用沒有，還糟蹋錢。」

……

楚紅衛一定忘了她是誰了，讓她說，她一說就上癮了，還這樣侃侃。大家沒聽夠一樣，表情是複雜的。錢淑姬那漂亮的嘴角又是一咧，上半邊臉不動，只咧嘴角，露出那排細密好看的牙。她近乎妖嬈地點點頭，目視前方，說：「好，好，說得好。」

王梓桐給她發來一個表情，咧嘴呲牙笑的那個表情包，又寫了一行字：「趕牛車的要開飛機？」

錢淑姬本想悶她一下，可她倒好，給點顏色，就要開染坊了。

完了，這一通講，把這一個月的尾巴，都白夾了。楚紅衛知道。又惹了錢淑姬了。自從錢淑姬來，單位就改朝換代了。她的心腹、核心，也就那麼幾個。辦公室小孫，相當於她的大總管兒，小趙呢，是李連英的角色兼家庭司機。細高的大李，原來是老幹部處的，現在給她安排到了財務，也算貼身貼心的丫頭。楚紅衛見過她在錢淑姬的辦公室給她疊衣服。錢淑姬的辦公室，也跟家裡一樣，有衣櫃，有床褥。櫃子裡西裝、長裙、小晚禮什麼都不少，穿什麼根據上級來人而定。小李子是學人力的，幹這些得心應手。小趙下去伸手臂時，基本都領著她。小李子是個謎，很多人都奇怪，這個女子一臉冷漠，大家核銷找她要個憑證，她都嫌麻煩，斜吊著眼。她是什麼關係，成了錢淑姬的錢包呢？錢淑姬今天宣布的伸手臂任務，成員就包括小李子。小李子一笑，兩隻眼睛像兩把小彎刀。錢館長接下來管小趙叫趙書記，眼前這個走路都氣喘的胖子，支部書記叫成了趙書記，這不僅是鄭重，也是變相樹威。

楚紅衛又畫了一隻小狗、一條像狗的狼。狼和狗的旁邊，寫道：「廟堂之上，朽木為梁。覆舟水是蒼生淚。」像對聯，卻不對仗。

錢淑姬的手機響了，看她表情應該是個頂重要的上級，她匆匆起身，出去接電話了。這個伸手臂的會，就算開完了。

大家步履異樣，都讓屎尿憋壞了。從前開會大家散慢，時間長了會藉著出來打電話，上廁所、抽支煙緩緩神兒。現在，已經沒人敢這樣了，全都憋著。有一次錢淑姬隆重地表揚了小趙，說：「你看人家，整場都老實地坐著，認真地聽。可有的人呢，屁股底下像長了釘子，一會兒一動，一會兒一起來，上學就不會是個好學生！」從那以後，大家都以小趙為榜樣，不起來、不動了。會場出來，所有人都跟在小趙身後，一致地跑向了廁所。

楚紅衛嫌人多，她硬挺著，去了另外的樓層。經過樓拐角處，碰到另一單位的那個黑衣女孩。黑衣女孩是編外的，為了進入編內，她一直早來晚走。楚紅衛記住了她是因為她的穿著，那麼年輕，一身黑布衣，只在鞋子口，可見一圈非常相配的藍。聽說是唱歌的，比那些畫畫的還會搭配顏色，素得俏。她年輕的身材連胳膊、後背，都是美的。她們同時相遇到那大箱盒飯前，兩個單位訂購的午飯，塑膠盒裝著，油膩涼下來後盒蓋下呈現得更加油膩、混濁。她們微笑著點了一下頭。楚紅衛加快腳步，終於找到坑位，一腹汙濁傾洩。

然後她出了單位去一家看著還乾淨的麵館，巧的是又遇上了黑背帶褲女孩，她有男友，兩人正坐在窗邊的角落裡吃。自然光線下楚紅衛忽然發現女孩臉色白得發青，看她一直低頭看手機，也沒有打招呼，匆匆吃完就回來了。

樓下的院子裡，冬日陽光珍貴，楚紅衛放慢了腳步。這是一棟顯得豪華的大樓，幾家單位共用。這幾年，隔一段，就查出哪個得了腫瘤，年紀輕輕的，有的人切了一塊肝，有的人去了一塊肺；還有不少女人，說了子宮內長有肌瘤，打開去除時，可能醫生為了省事兒，連子宮也給摘了，說反正生過孩子了，留著也沒用。多虧她們活得粗糙，這些進進出出的人，她們體內缺了，被去除了東西，或植入了東西，比如鈦絲、鋼架，還有什麼電極、鐵釘，只要不疼，只要適應了那些異物，她們也安之若素，依然大步流星地每日出，每日進。

有人說可能是大樓的外牆是禍根，它豪華的石材有輻射；也有人說可能是幾百米外的那個塔，那個高聳入雲的鐵架子，它是跟不遠處的核研究院相連的。說歸說，議論歸議論，建成這些時，這還是一片荒涼的遠郊，現在，不到十年，這裡已經成為這個城市的繁榮發展黃金帶。楚紅衛剛上班時，單位還是一趟小平房，現在建成的這幢豪華大樓，多少人削尖了腦袋都想來。你能因為怕輻射，就辭去工作嗎？能因為怕那個核塔，不來上班嗎？所有人都怕過，聽說更老的一波人，老知識分子，還抗爭過，去市政府請過願，後來他們也就入土了。現在的年輕人，誰還顧得這個呢？剛才走廊油膩的食物、黑衣女孩蒼白的臉，讓她想到了脆弱、死亡。老年人一樣，站到陽光裡背對著太陽。

上了一天的班，真的很累。雖然是開開會，剩下的就是坐著。但在辦公室裡坐了一天，渾身筋骨緊巴。下午四點多，楚紅衛瞄了一眼老大的辦公室，緊閉，人不在。錢淑姬也不是鐵打的，上午說了一上午，然後坐著，她應該也累，也是蹽回家了。每次她提前走，都是說去局裡開會，實際她就是回家歇著去了。

楚紅衛開上車，這個時間不堵，十分鐘就到家了。把車停好，在社區門口碰上了馮塵，馮塵正鼓著肚兒，倒背雙手，蹓躂消化食兒。

兩人一見，老熟人一般站下聊了起來。

啞巴一樣的楚紅衛，上了一天班，夾了一天的尾巴，很緊張；現在，突遇馮塵，渾身泥巴殼兒裂掉一樣輕鬆，脫胎換骨了，又回到了野性的性情，話癆開河，開嘮。

「喲，你這個民脂民膏的小處長，才幾天呢，沒血喝了，就瘦得只剩個肚兒了。」

馮塵用目光看著她，那目光在替嘴說話，他的嘴上真不忍說：「你這個傻女人，傻娘們兒，不怪哭都找不著墳頭兒，一輩子了，心眼兒還長不全。不說話不帶刺兒，人家吐出來的是田瓜蜜棗，她可倒好，仙人掌，砬不砬嗓子呀！」

「楚老師，楚專家，你不喝血，咋不回家擺攤兒賣菜呀。當什麼專家呢，老百姓管你們可是叫磚頭的磚啊。」

「這叫豁牙子吃肥肉，肥（誰）也別說肥（誰）了。馮老師不也人五人六地到處拿講課費，給人講藝術嘛。」

「再說了，比起那些磚頭，我這啥也不算，土坷垃都不算。」楚紅衛說。

「算不算，老百姓不給你區分那個，都是一個坵的貉。用你的話說，都是寄生的。」

楚紅衛盯著馮塵的臉——「沒想到，挺能對付啊。屁股離開了椅子幾天呢，說話的立場都變了。從前，他不一直都是高唱讚歌嗎，現在，也老百姓、老百姓的了？好像他自己是老百姓的代言人。」楚紅衛哼了一下鼻子，說：「馮處，今天看你朋友圈點讚，整得挺熱鬧啊。扮豬吃虎，我還不知你有這兩下子呢。」

馮麈一時沒明白她在說什麼。

「明明恨他們，他們是整你的，卻能學古人，唾面自乾，行啊。」

馮麈了悟了所指，無奈地一笑。又用複雜的眼光看她，說：「天天操閒心累不累呀，有人給你發工資嗎？」

「再說了，你幹得也不錯。你們那個錢淑姬，你天天說人家像街道大媽，可當面，那馬屁不是也拍得響、拍得好著呢嘛。用你的話說，豁牙子吃肥肉——」不等他說完，楚紅衛笑得蹲了下去。蹲著還辯解：「老娘的職稱掐在她手呢，不拍行嗎？她再掐幾年，老娘退休了工資都漲不上。」

「學陶淵明啊。這咋又不學了？」

一隻狗出出溜溜跑了過來，楚紅衛駭然同時也是驚跳，她「嗖」地一下站起來，把那隻狗嚇了一跳。狗主人是個高大肥壯的男人，他用嘴角表示著他的不滿。

話癆打斷。外人誰也看不出這是一對分了手的夫妻。馮麈知道她怕狗、厭狗，體貼的男人一樣，竟用胳膊環著她，向社區的邊側走了走，一廊長亭，是供人們休息的，他們坐了下來。

石條凳冰涼，楚紅衛又站了起來。同時，她指示馮麈：「你也別坐了。」

「坐一小會兒沒事。」馮壓說。

被拘束了一天的楚紅衛，野勁兒還沒釋放完，她又起了個頭兒：「你兒子，馮博，最近咋樣？對象找成沒有？」

這是馮壓的一塊心病，問這樣的話，他頂不出讓她學習陶淵明了。別的，他都能搏擊，唯此，有勁使不上。

「傻小子可氣死我了。」

「上次介紹的那個，不是挺好嘛，爹娘都北京人，小姑娘還有正經工作。」

「遇上好樣的，臭小子不知珍惜吶。白費了半天口舌。」

「古人不是說了嘛，十分精明用七分，留餘三分給子孫。誰讓你精明過頭兒，殘害婦女太多呢。遠的不說，就說近的吧，把我坑了。好，這下父債子還。」

「你說你個傻娘們兒，一說話，就帶刺兒。」馮壓歪了歪嘴角。

「歪什麼歪呀，斜眼看我有用嗎？冤枉你了？其實，你應該收關門弟子，親自傳他幾招兒。把對付女人的那套絕活兒，一點不留地，傳下去。不用金，不用銀，全憑一張巧嘴和一篩子心眼兒，這麼硬的本事，你怎麼就不教他吶，他是你兒子，又不是外人。唉。」

「不過，說到底，是你一個人把精神頭兒用盡了，老天這也是均衡。」

馮塵手機響，他猶豫著接起來，是兒子。他好像在電話那端說，小姑娘不願意，又吹了。
馮塵目無表情，一句話都沒說，默哀一樣。
楚紅衛本想繼續謔他，讓他誨淫誨盜，給兒子好好上上課。可是，看到馮老師的眼神，她閉嘴了。
從什麼時候起，馮塵的眼神像釘子了呢？沒有光柱，卻是直射，射向任何地方。這種眼神錢淑姬有，小趙有，馮塵的上級鄢懷那目光更是呈三棱錐狀——只有原野上的狼，才是錐形啊。這些公職的、體制內的，男女們，怎麼熬著熬著，都把眼神熬成釘子了呢？尤其側面看，有鐵器的效果。楚紅衛沒了再謔的心思，她想回家了。
馮塵慢吞吞地扭身，楚紅衛沒有告別地向自家單元門口走去，馮塵後面慢騰騰地說：「老了，沒啥撲騰的了，收收心，不然，還跟我一塊過吧。」
楚紅衛站住，回頭，她沒有驚詫，這樣的話馮塵說過好多回了。她知道他又在耍心眼兒。她說：「馮塵，你告訴我那女的是怎麼把你整下來的，由寵到棄，這中間的曲折你說給我聽，我就跟你破鏡子，再粘一粘。」
馮塵沒有動，眼神、嘴角都沒有表情。他站得僵直，單位的事，他最怕楚紅衛摻和。
「你們那兒老大，比我們單位錢淑姬還厲害，鋼鐵鑄的，整天坦克一樣碾壓。都不像女的了。」

「操心好你自己吧。」馮塵轉身向自己家走去。

體制內的江湖，往往因一句傳言就能要你命。楚紅衛不當官兒不知道這個的厲害，純粹一個嘴沒把門兒的傻娘們兒！

晚上，楚紅衛倚在沙發上刷朋友圈。一個人的生活，僧尼般清淨。她本來是想和兒子通個視頻的，在周遭人的眼裡，楚紅衛的生活是完美的，甚至令人羨慕，兒子讀了名校，然後研博，又在適齡的時節，結婚生子，有車有房。這讓多少兒女大了找不到對象的家長豔羨呢。可事實是，她想告訴天下的父母，獨生子女的時代，他不結婚，我們還有個孩子。你盼著他成了家，和你就沒什麼關係了。然後，婚姻膩了，過夠了，再有麻煩，他們才會再次找你。她不願意像視頻上那些三閒母親，天天闖入兒子的生活。兒子不找她，她基本也不打擾兒子。一切自己撐持，包括情感、精神。一個老年的女人情感和精神能夠自理，也不容易，這得益於藝術的填充。她躺在沙發上，看看新聞，刷刷朋友圈，既能緩神兒，也是解除精神禁錮的時刻。她看到了堂弟媳的微信廣告：

老公愛你，臥床三年試試。
朋友再多，借五十萬試試。
沒有保險，換個器官試試。
保險姓保，它比爹媽都強。這樣的便宜你不撿，腦袋一定是被門弓子抽了。

堂弟媳是賣保險的，很多人都以為她在車行，或者銀行，她自己也不明說。最初賣保險，是從家裡人拉起，裡面的那些條款大家沒時間，也看不懂。只是聽她宣講，誘人得比養的兒子都管用，親戚們就陸續買了。可是幾年過去，那些天花亂墜的說詞，等同於騙，不但沒什麼好處，連本金都拿不回來。親戚們罵弟媳是騙子，連親戚都騙，太不是東西。連堂弟，也一同遭唾棄。從那以後，再有人結婚啊、壽辰啊，人情禮份團聚，他們兩口子被邊緣，成了大家喊嚓嘲諷的對象，說他們錢比爹娘親。兩口子也挺倔強，一直那麼挺著，外交風格近似於電視上的戰狼國家，還說：「誰也沒端誰飯碗，誰也不指望誰的腦門兒上晒大糞！你不請，我們還不湊呢！」

楚紅衛是跟堂姐、堂弟一塊兒長大的。母親沒了，父親把她抱給了叔叔家。小時候她不知道自己不是這個家的人，堂姐、堂哥都很親，堂弟還處處護著她。長大了，枝枝杈杈分葉，她才發現她和他們的大不同。這時候，就像小時候他們護著她一樣，她也萬分歉意地開始護著他們。幾年前，堂弟媳還從她這借過錢，說年底還，現在已經是第三年了。堂弟現在是賣保健品的，跟賣保險的也差不多，人人都躲著他們。他朋友圈的產品廣告詞是這樣的：「七十年代得了病，賣一隻雞能救你；八十年代就得一頭豬；九十年代呢，一頭牛也未必。」現在，車和房都救不了你的命，而捨得一頓飯錢，買他賣的那個膠囊，九十歲、一百歲，可勁兒活！

——多麼成功的洗腦。

行行都是這樣了。楚紅衛想到上午的電話，那些服務人員不唆使、不誘拐、不連蒙帶騙，他們就拿不到錢。電商網購、客服聯通，莫不如此。

往下翻，還有：「今天不養生，明天養醫生；今天不保健，明天進醫院；不保健，天天活著冒大險……。」誅心加詛咒，還含著威脅，這麼腦殘的口號，竟朗朗上口。楚紅衛慢慢地伸出右手食指，她打算把弟媳和堂弟拉進不看者名單；正欲操作，微信的語音響起，是弟媳。她猶豫著摁了接聽。自從前年她借了她的錢，然後就一直沒聲息。現在，這麼晚來電話，能是什麼事呢？

弟媳劈裂的嗓音說：「二姐你快來看看吧，你弟弟他要完了！」

堂弟怎麼了？楚紅衛的這個二姐是從大堂姐那排下來的，他們也一直這樣叫。在弟媳斷續的述說裡，她大概明白了，堂弟做了手術，應該叫大手術。本來，醫生說是結節，沒有黃豆粒大，微創可解決。可是上了手術臺，就切掉了他的肝。弟媳說：「咱也不懂啊，聽說他們常常拿好人的器官去賣給別人呢。還蒙家屬，兩頭要錢。他們太損了，損大德，你弟現在，都快疼死了啊——」

「這個，你有證據嗎？」

「我哪有哇！屋裡都不叫進，就給我晃了一下，血糊糊的我也沒敢看。」

「這麼大的事兒，你怎麼不通知家裡人？」

楚紅衛的「家裡人」是指堂弟的親哥親姐。她畢竟還算外人。

弟媳那邊像是抹了一下鼻涕，說：「二姐，別看你不是我們家的，可你比他親姐對我們都好，你是好人。他們那些人，就知道看我們的笑話，嘲笑我們，恨我們。現在出了事兒，跟他們說有什麼用啊，是能借錢給我們，還是能替他疼啊?!」

最後這句話讓楚紅衛又開始厭惡弟媳了，她除了錢錢錢，在她心裡什麼都沒有。娶了這樣的女人，不怪一輩子不興旺。

摁斷電話時，楚紅衛滾燙疼痛的心，慢慢變成冰涼石頭。「這也是命！」她心裡灰暗地想。可同時，一想到那被摘掉的器官，她就後背又疼起來。叔嬸把自己養大，他們一家都對自己有恩，有了事，不能不去，雖然堂弟他們經常胡幹。

可這大半夜的，找誰做個伴兒呢？她一個人出社區，心裡也發顫。這些年，叔家誰有了事兒，都是第一時間把電話打給她，就像她是他們的家長。孩子升學啊、看病找大夫、堂姐小店被拆，都找她。那時她年輕，頭拱地，東求西找，畸裡拐彎，也解決過一些問題。這個有特色的國家，有了困難就得求人，即使你找法律、法院也得找人。堂姐、堂弟都一次次地問她：「你要模有模，要樣有樣，腦子還好使，為啥天天搞什麼藝術不去當官兒呢？真是太傻了。這世道，要是當上個官兒，我們得借多少光啊。」

「願意當你們當啊！」她在心裡反駁。堂姐、堂哥包括堂弟，他們什麼都不懂，就知道兩樣：錢和權。在他們眼裡，掌握了這兩樣的人，是神。其實他們哪裡知道，那官兒，是那麼好當的嗎？鐵蒺上摔打，油鍋裡烹炸，那得人間地獄走多少遭、鬼魔交替變幻多少道，還不一定成呢。你們是光看賊吃肉，不知賊挨打。她和他們漸行漸遠，彼此不懂，各有追求。她覺得如果真能沉浸藝術裡，那還是好日子呢。問題是她也一樣，每天架油鍋炸。端著體制的飯碗，自然要接受體制的熬煎。

怨歸怨，堂弟現在出了這麼大的事兒，能不去嗎？她都不敢深想，一想後背就疼，那應該是肝疼、肺疼。

她把電話打給了馮塵，簡單說明了一下情況，要去醫院。

馮塵那邊思忖片刻，說：「去可以，然後呢，我是站在樓下等啊，還是進去？我進屋，見你弟媳、你哥、你姐，怎麼說呢？我現在算哪門子的？」

楚紅衛也略沉吟，她用沉默地撂了電話，算作回答。

他們分開，已經三年多了。晚上下班社區樓下的那通逗悶子，純屬牙閒找樂。真正的現實，是她現在已經是一個獨居的女人，風雨來了，自己撐傘。楚紅衛女英雄一樣臉色嚴峻，取出警棍樣的多功能手電筒，壯膽兒，然後鬼鬼祟祟從社區迅速躥進地下車庫，瞻前顧後，進了駕駛位。那些好點的社區車庫是可直通電梯的，她這兒，城中村改造的房，圖便宜，處處都體現著便宜帶來的不便宜。物業是農村人組成的，他們看管著一切，包括電梯。她不敢走樓梯，那裡太黑，她是沿著單元（集合式住宅）出門的坡道，一路小跑，從車進口跑進地下車庫的。坐進車裡，快速鎖門，像是安全了。路上她還打電話問弟媳能不能叫上大姐，大姐、大哥也到場。堂弟媳還是那個話，她說：「告訴了也沒用，誰也替不了。二姐你來就行。」

路上沒車，很快就到了醫院。隔著玻璃，她看到了堂弟，一米八的壯身板，大個子，現在，變成了一片兒薄紙，分明像紙做的人。他沒有力氣睜開眼睛，臉色就是木板樣。在他的床旁掛著一個東西，不是吊瓶，方形的。楚紅衛不明白那是什麼，弟媳說：「止疼泵，沒那玩意小年疼得嗷嗷叫。」

小年是堂弟的名字。

現代醫學，已經這麼發達了嗎？是什麼原理，它能止住人體肝肺被切掉後的巨痛？楚紅衛向前探探身，她想看明白，「那是個什麼電器理療類的東西嗎？它靠什麼，能止疼？」堂弟媳靠住走廊的牆，她說：「我也不知道，懶得管那些。誰知道那玩意是什麼，打上它小年就不叫了。」弟媳疲倦的臉憔悴木然，連眼睛都是呆呆地半睜著，半天不眨一下。她說：「二姐，就是讓你來幫我拿拿主意、怎麼辦。」

楚紅衛在手機上迅速檢索了一下，這一查，驚出一身汗。所謂止疼，無非是在注射麻醉，有的是人工，有的是電流。術後的人們能躺著，安睡，全靠這幾分鐘一滴的嗎啡。一輩子聞煙味都頭疼的堂弟，在打這個。

兩人都無聲了。她們坐在走廊的塑膠椅子上，冰涼冰涼。弟媳說：「姐，原來聽他們說小手術，早做完早利索，別讓病情擴大。現在可好，瞎子治成了聾子，聾子整成了啞巴，下一步，啞巴又得變成瘸子。都說他們壞，沒想到能這麼壞。苦巴苦業，省吃省喝，多少年了就攢不到十萬塊錢。這可好，三天沒到頭，都填了這個窟窿！說還不夠，還得交。」

還是錢。弟媳心疼的就是錢。

她像是看懂了楚紅衛的心思，再強調：「我倒不是光心疼那點錢，問題是他們太損吶。賣著你的器官，還找你要錢。真成了那句『把你賣了還幫人數錢』。」

楚紅衛的臉色極其不好，跟牆面一個暗度了。她再問一遍：「有證據嗎？」

弟媳說：「人家都這麼說。」

她讓弟媳把所有的病理報告拿給她看一下，弟媳依然木然地睜著眼，說：「啊？那些報告不在我手上啊。我求了一個姐妹兒，她幫著辦的。」

「我原來讓她入保險，她生過我的氣。後來，她也幹這個了，我們又好上了。現在我們互相幫著拉客戶。小年上次治嗓子，發現了這個病，她幫忙找的人，才治上病。天吶，是不是她害我吶？他們聯起手來，坑我一把。唉，要是這樣，活該，是報應哎。錢咋來的，咋回去。」

弟媳有點瘋魔了，遇了這麼大的事，她顛來倒去地說。就是讓二姐，把她肩上的大缸，扛過去。

扛起整個大瓷缸，甚至是鐵缸、銅缸，楚紅衛也負不起。她點開手機，轉帳的頁面，找到通訊錄上的弟媳「小霜」，點了幾個數字，轉錢給弟媳。小霜明白過來，忽然眼睛一亮，同時又羞赧地笑了，說：「二姐，前年借的，還沒還你。」
「這個是給，稍微幫一點。那個，有了再還吧。」
弟媳小霜的眼睛紅了，要哭。她說：「姐，我和小年的命，咋這麼苦哇。我們捨不得吃，捨不得喝，平時連燈都捨不得開，摸黑兒幹活。可是省著省著，窟窿等著。這下好了，啥也沒有。小蠟的媳婦、房子、工作，都完了。」
小蠟是他們的兒子。
楚紅衛看看四周，只有一聯兒、一聯兒的塑膠椅。她問弟媳：「晚上，你就在這椅子上睡的嗎？」
「在這上睡，還得跟人有交情，不然這也不讓睡。我想著啊，小年動了這麼大的手術，如果他一睜開眼睛，看不見我，他得多難受。所以我就佝僂著睡，不走。讓他睜開眼睛能見個親人兒。」
這還像夫妻一場該有的情義、該說的話。楚紅衛問她：「告訴小蠟了嗎？」弟媳說：「還沒有，他在外地，有個工作不容易，不想耽誤他。」
這個也不耽誤，那個也不告訴，合著就楚紅衛是鐵打的啊。她算她什麼人呢？楚紅衛的臉色白白黑黑，弟媳說：「二姐，我知道你也不容易，我替小年謝謝你。你給我們的這錢，我記著，等小年醒過來，我告訴他。他要是有命，好好活，活好了，我讓他報答你，二姐。」

最後這句話楚紅衛又不願意聽了，真是精明過了頭，她給的錢，她接了，還是替堂弟接的，跟她沒什麼關係。不怪大夥兒都不喜歡她，背後叫她篩子，是說她心眼兒像篩子一樣多。

楚紅衛回到家已經快十二點了，馮塵打來電話，問怎麼樣，她沒有說實話，應付兩句要掛。馮塵不知實情，還想開玩笑，說她是她們家的外交總長，是事兒就得有她。她沒有接茬兒，當初的婚姻裡，她太顧娘家，這也是一個矛盾。馮塵意識到了時機不對，識趣掛斷電話。

一過了時間，人就不好睡著了。楚紅衛躺到床上，眼睛閉著而睡不著，腦子裡白天一樣清醒。一樁樁，一件件，小時候和堂姐、堂弟的時光。那時候，堂弟像個小大人，自尊心極強，嬸子說他一句，他能哭得上不來氣，飯都不吃。學習也很努力，考試成績落後，回到家幾天都是嘟著小嘴不說話。弟媳更是個一說話臉上飛紅霞的好看姑娘，初來家裡時，那份嫻淑、羞赧，連楚紅衛都喜歡她。可命運的大熔爐是怎樣熬煉，把那樣一對小夫妻生生熬成了沒臉沒皮的人渣？

一想到弟媳要在走廊過一晚，楚紅衛不免心傷。這個沒有血緣，也不招人待見的，只比自己小了兩歲的女人，她當初的紅臉蛋、黑頭髮、發亮的眼睛，現在全都掉包了。上帝那隻手是怎麼一點一點把人給整個換了的呢？想到她臉黃得如紙板，頭髮過早焦枯，弟弟一米八的個子，也一下瘦成了紙板，楚紅衛失眠了。

弟媳說讓她找人幫幫她。「不打官司，起碼要一些錢，堵一堵窟窿。」弟媳還說：「那個彩超就挺清楚的了，可是還讓他們連著做了兩個九千多塊錢的機器來照，說照著清楚。」這後面的難題，讓她從失眠到發愁。如果她有辦法，她能能耐，能在上午打電話時，氣得半死嗎？

「一點辦法也沒有。」她無聲地嘆了口氣。那氣息被巨大的黑夜吞沒了。

這時候，她想起堂姐、堂兄說過她「搞什麼屁藝術，當官兒多好」。其實她知道當官兒的好處，有個小學同學現在只是教育局的一個科級，一個小科級啊，掌著點權，家裡富得流油不說，關鍵是人家有人脈。所謂人脈就是他幫助過那麼多孩子的家長入學，然後他家啊，親戚們呢，有了什麼難題，諸如入院難、入職難，他都能繩結一樣，一個一個地找準那些點，各個解開。還有個同事到了稅務部門，他說他離開群藝館離開得太對了，這幫窮癟三，耗子洞裡掘黃金，耗得狠。而他現在，稅機關一個閒散人員，也過著帝王般的好生活。同樣是體制，這塊巨大的骨頭架子上，還要看你依附的是哪個部位——如蛆附骨，敲骨吸髓，你得找到好地方。像楚紅衛這樣的，附在骨頭上還嫌骨頭腥，不受罪、能得好兒才怪呢。

弟媳如果說的是真的，那個黑心的醫生拿著他們的手術費，還把好人的肝給賣掉，她除了像弟媳一樣詛咒，罵他缺大德，她又能怎麼辦呢？這類事，只有錢淑姬這樣的，掌有權力的人，他們才會有辦法。而楚紅衛，除了再給弟媳點錢，或者，那個欠的錢也不要了，她還能做什麼呢？

睡不著的楚紅衛，還想起了小時候看過的一部電影，叫《大浪淘沙》。裡面于洋演的那個同情受苦人的革命者，在海邊，給一對母女幾塊銀毫子。那個母親破衣爛衫，小女兒瘦得皮包骨，她們已經走不動了，在要飯。身邊的引路人說：「你救得了她們母女，救得了天下嗎？全天下像她們這樣的受苦人還有很多很多……。」當時于洋睜著大眼睛不解其意，引路者說：「所以我們要革命，要推翻這個剝削人的社會，她們才能徹底得救。」

看那個電影時她才七八歲，很多話當時都聽不大明白。現在讓她難忘的，就是給銀毫子那一幕，銀毫子是什麼她都搞不懂。想到這兒她打開手機，百度查了一下，原來那個錢只相當於現在的幾角幾分。

她自己都活得這麼難，又救得了誰呢？可是弟妹堂姐眼裡，她們一直拿她當土豪，打散分光都不解恨。因為在他們眼裡，楚紅衛這工作太容易了，上班就是坐著，頂多開開會，到月就發錢。而他們呢，哪一分錢，不是唾沫星子滿天飛，跑斷腿累黑了爪子？還被人說成不是騙就是坑。堂姐是開複印小店的，她說單靠街邊走的零散客，複製幾張紙，三毛兩毛的，喝西北風都不夠，只能孝敬政府裡的那些人。堂姐是公家人就叫政府，是公家人就稱領導。她說要好好孝敬，孝敬好了，政府那些領導隨便施捨一點小活，那就是大江大河，就夠她們一年的房費、吃喝、供孩子上學。管她們的那些人，才是真正的上帝，是人間的佛。

堂姐說得沒有錯，別說政府那些大機關，就她們小小的群藝館，錢淑姬手中的權力就是掘不盡的金礦。每年弄幾個項目，編纂、印刷，哪一項都是上百萬，賜給誰幹那都是流油的奶與蜜。而且他們還不用擔心，公路的豆腐渣工程會有塌方那一天，而所謂文化、文化工程這些豆腐渣，永遠沒有風險，永遠都像一片泥沼，幹完了，就爛了，沒有人再去掘。

能救勞苦大眾、救親人的，是錢淑姬這樣的人。楚紅衛看著窗外，天在一點一點發灰，黑暗變成了灰白，天要亮了。她近乎一夜沒睡。

霧霾漸濃，空氣中飄著煤渣兒味，這就是春節要到了。

辦公室小趙又下去服務基層了。伸手臂活動還在繼續，錢淑姬一次次地在會上給予表揚、肯定，還說這項工作得到了上級的表揚。有了這些背景，小趙伸手臂伸得更歡了，現在差不多是一個月下去一次。小趙成了副核心，多少人都想進入他的圈層，也去伸手臂。可能緊緊圍繞在他身邊的，只有幾個人夠資格，就是辦公室的小孫、老幹辦的大李，還有後起之秀小周。王梓桐也想下去，她說：「老娘一輩子了，光埋頭搞什麼狗屁藝術，一輩子都沾不到公家的便宜。老娘也想下去吃吃喝喝、玩玩逛逛，可就是輪不上呢！」

她這話是對楚紅衛說的，關起門來發牢騷。她還說：「上任館長就夠不要臉的了，沒想到這一屆，比那還不要臉。女的，不要起臉來，比男人更要命。」

她和楚紅衛都是館裡的老人兒了，她們已經經歷過五任館長、書記。頭兩任，那是真正的專家、領導，藝術方面的通才，她倆都佩服得不行。後來的一個不如一個，王梓桐說那叫黃鼠狼下豆鼠子，一窩不如一窩。王梓桐父親是東北人，她說的話楚紅衛都能懂。何止一窩不如一窩，還一窩更比一窩壞。就說小趙吧，你以為他鼻子都擤不淨，腦子也傻乎乎的，可是真正的狠角色，不正是他嗎？現在表面上錢淑姬是一把手，說了算，實質，他這個二當家的，更壞。很多事都是他在背後幹的。

「不知他和錢是什麼關係，整得比親兒子都親。」楚紅衛說。

「上次聽他們說，好像小趙的爸，跟錢曾是同學。」王梓桐說。

「噢，怪不得。弄不好，是女版陳世美，現在補償贖罪呢。」

兩人都笑了。

其實像王梓桐這樣的心思，所有人都有，誰不願意下去走走玩玩、又吃又喝呢？公費旅遊，還在年終總結時算進個人成績，這樣的好事誰不願意？楚紅衛也想，只是這樣的事也輪不到她。好在，她也沒有多餘的精力。堂弟從醫院回家了，一直住住不起，多少更重的病人在等著床。堂弟那裡雖然不能如弟媳所願，幫她們找人，打官司，可是這事，她也沒從心裡放下。上班，就是和尚撞鐘。

這天，孫主任通知大家到樓下，上級單位要來檢查，全體人員樓下候著，迎接。

快過年了，檢查的項目無非又是安全生產。一個戳著的水泥辦公樓，有什麼安全可言呢，無非就是大家上班玩完的電腦，都關掉。用過的燈、空調，也能像在家裡一樣關掉，別過度燃燒、著火，就萬事大吉了。可是每年，總是要有那麼幾回，煞有介事，開大會，檢查安全生產。有這個精神頭，應該去工廠，去礦山，去有毒的化工企業，看看那裡的人命，安不安全。

發起牢騷，楚紅衛比王梓桐更犀利。王梓桐說：「可不是，大好的時間，都他媽的白白浪費了。」

正站著，小趙的車回來了。這是剛下去伸完手臂，應該是從那個又寒又冷的邊塞回來，那裡窮寒，但牛羊肉正宗，地道。還有一種人吃了不長胖的面，也金貴。大家的頭都轉向他們，這次下去只有小趙和大李，就兩人的團隊。沒有加入的小周，快步跑過來，想搭把手。小趙用葵花籽一樣的胖腦袋，擺了擺，意思是不用。太胖了，整個人要裂璺一樣。楚紅衛想：「他都吃了什麼，胖成這樣？」

有人聳鼻子，說：「什麼味兒？什麼味兒？」大家說著都往小趙的車前湊，小趙開的是一輛破舊的桑塔娜，後備廂蓋張開了，是一隻肥得流油的烤全羊，在那躺著。大塑膠罩罩著也擋不住沁鼻的香味。天啊，烤全羊，烤全羊原來是這樣的，像一隻裸體熟臥的嬰兒。這麼香，有多少人一輩子也沒見過整隻的這麼大熟羊啊。

「多少錢？這一隻得多少錢？」大家紛紛問。

小趙沒搭理，後備箱蓋迅速合上了。他的臉色黑紫，應該是給大李看的，剛才的後備箱蓋，是大李打開的。

「上樓，上樓，開會，開會！」辦公室孫主任召喚大家。

「不是要在樓下等檢查團嘛，他們來了嗎？」

「上樓等，上樓等。」小孫命令。

看來今天大家的下樓下得不合時宜，孫主任沒想到趕上小趙回來的車。他的臉色同樣灰黑，應該是嚇的，也有生氣。他是在生自己的氣。雖然他是辦公室的正主任，一把，但實則，要仰副主任小趙的鼻息。自從錢淑姬來，小趙就成了二當家的。他知道他若「配合」得好，主任這個位子，還能坐坐；不配合，或配合得不協調，把他換掉，弄一邊閒著去，是分分鐘的事。幾任館長，他的命運也已經起起伏伏多少次了，像共和國之初的那些老幹部，上上下下，他深知其理。

大家都上樓了，還在吸鼻子，那隻烤全羊真的是太肥了，都進了屋，那味兒還香飄萬里。真他媽肥透了。

春節前夕，楚紅衛把那箱劣質的牛奶，送給弟媳家，兩人一起蒸了饅頭。弟媳的保險賣不動，她趁節前做些麵食，送賣到各門店。堂姐的複印店，活兒少，窗口上同樣賣起了饅頭。有牛奶的饅頭味道獨特，雖然是劣質的假牛奶，很多人成了回頭客。堂姐特工人員一樣警覺，和城管的打游擊，基本沒被搶去掀翻。

缺了一大片肝的堂弟，現在只能歇在家，慢慢養。他自己都不敢看片子，那上面究竟缺了多大、空了多少，他自己不敢看。弟媳和她，研究著看。堂姐也看過，除了捂著胸口，說

「疼，疼」，她沒有拿出錢。弟媳叨咕說：「你要真疼呢，就給你弟弟出點錢唄。」這樣的話楚紅衛同樣不愛聽。弟媳還討好呢，說：「二姐，你不是她親姐，可你都出錢。」這樣的話，楚紅衛更是皺眉頭。她覺得生活中這些無力的事，亂麻一樣堵心、塞心。她能把牛奶送到弟媳這兒，蒸了饅頭賣給別人，也有報復、破罐破摔之意，堤內損失堤外補，大家就互害吧，反正我也解決不了。那幾天，她為自己做了這樣的壞事，而吁了口氣，身體輕爽了不少。

劣質牛奶算什麼呢，每天喝的水、吃的菜，哪樣不是毒藥深厚？她家的水壺用過一段，裡面的殼，能生生揭下一個整壺，胎坯一樣。這樣的水，不得結石才怪，不長腫瘤才怪。

夜晚時，她又回到心靈，心靈痛苦，她讀詩。有的，修改一下，還抄在本子上：

這樣的時代，智者並不沉默，

只是被無盡的嘈雜，窒息。

於是

那些無人閱讀的書，對公眾發出吼叫

一個聲音日夜不停地喊：買，買，買！

另一個則說：賣，賣，賣！

賣掉你們的靈魂，和所有，
還有寧靜……

年，很快就過完了，這個上古時的怪獸，現在也不再是人們的喜慶，更多的成了一種負累。堂弟的身體好了一些，能站起來走路了，胸中缺了的那塊，肋骨都癟了下去。人走起來，更像一面紙板了。他不能幹活，不敢大聲咳嗽，連說話，也是先張開嘴，啞人一樣無聲地張幾下口形，才能發出聲。弟媳說：「有人說氣管給碰了，可也拿不出證據。」現在什麼都要證據，楚紅衛家的水錶，也是拿不出證據，她得認了。

家裡的網速，還是那麼慢，慢得就像拖拉機，或者牛車。打客服電話，她們就說是社區的問題。楚紅衛還真動了換一個社區的念頭，可這份艱難，工程的巨大，比當年的愚公移山還要難。雖是這樣，她也在手機上搜索了一下，看看附近的社區，有沒有乾淨一點、管理好一點的。這一搜，她的手機號連續幾天都有仲介打電話來，向她推銷房子，她聽著很煩。

這天早上，楚紅衛心裡奇怪，都快十點了，怎麼走廊還不見人？往常，大李、小趙，走廊上就「哇啦哇啦」的，「嘎嘎嘎」，「哇哇哇」，這是他們的天下。今天，怎麼一個人都沒有？一直靜寂無聲呢？這樣的情況可不多見。她打水時路過王梓桐辦公室，順便進去問：

「怎麼了，人呢，怎麼都沒來上班啊？」

「你還不知道？小趙做手術了，五院。」

五院是這個城市最駭人的醫院，它專門切人體器官，每一項，都有幾個科，比如腦，就分腦一科、腦二科、腦三、腦四；肝和肺，也分胸一、胸二，直至胸八科。這些年地下水汙染，臨近那個叫塘皇的縣，一個村、一個村地來人，他們家家做皮革，戶戶賣包，全體都得了惡性腫瘤，一個村、一個村地被切。聽說誰去了五院，那多半是凶多吉少。

「他咋了？」

「胃不好，切了一塊。聽說那個東西還能長，切了也沒事兒。」

「不能吧？要是能長，咋有那麼多人手術完死了呢？」

「不知道。反正聽說他這是小手術，微創就可解決。」

「老大也沒來，她也去醫院了？」楚紅衛用下巴呶了一下左邊，那是錢淑姬的辦公室。

「應該是去了，母子一樣情深。」

「小趙長那個熊樣，他老爹能多俊？讓錢淑姬這麼難忘。」

「小趙可能長得像他媽呢，不是說交叉遺傳嘛，姑娘像爸爸，小子像媽。」

「嗯，也可能。他爸找了他媽長得不怎麼樣的，而撂下了錢淑姬這個美女，當初，一定有故事。」

「你寫小說吧，有極大的想像空間。」王梓桐說。

「欠老子的補給兒子，錢館長是個有情有義的人吶。」

正說著，走廊熱鬧起來，腳步聲和說話聲一聽就是大李子，還有小孫。他們像回到自家一樣，那份興奮勁，也不像剛從醫院回來，而像剛參加完一場婚宴。

楚紅衛回到辦公室，呆呆地坐著。她打開了電腦，上面什麼也不敢寫。文檔上的每一個字，都將紀錄在案。寫小說，屬於不盡心工作，因為他們的工作叫群藝，群眾藝術，不可以搞文學；寫劇本，那根本不可能。就如同全身裸著，二百瓦的大燈泡照著，還有無數的眼睛，什麼也不敢做。

還是打電話吧，這個時間用來打電話，無罪。她把電話打到了賣牛奶的那家客服，對方回覆說，時間已經超期了，支持不了她。

放斷電話，她想罵一句人，想了想，什麼聲兒也沒出，望著牆壁發了一會兒呆。

呆坐，腦子胡思亂想——這個，應該還沒被掌握吧？腦子想什麼、內心想幹什麼，這兩樣，應該是不被窺到的。她就又想到了小趙，胃切。「民諺說『吃飽了要撂筷兒』，小趙這算不算是一直吃一直吃，老天逼他撂筷了呢？」剛想到這馬上又用手對自己的臉空搧了一下，打嘴的意思。「別幸災樂禍，堂弟不也被切掉了更大的一塊嗎？如果按著佛家的因果，堂弟的這場災難，又緣何而來？」

沒有任何宗教的她，想不明白了，解釋不了這些。只清楚，外人、壞人，有災了，確實有點幸災；而輪到自己家人、親人身上，她是萬分地疼痛的。「堂弟和媳婦因為賣給過家人保險，還借遍了親戚的錢，被大家痛恨，他們也怨大夥兒；現在，堂弟動了這麼大的手術，悶聲不吭，任何人不說，也夠讓人傷痛的。」楚紅衛想到這，又是一陣剜心的疼。

他們也許怕，怕外人知道了會說：「還賣保健品，健康長壽，他自己咋還那樣了呢？自己都命不保，還讓別人吃，誰信？」

他自己的身體，是最有說服力的。

「省著省著，窟窿等著。」弟媳一遍遍地說。

「人生這趟十字架之旅，應該是背著、抱著一邊沉的。」楚紅衛突然像是有了了悟。快中午時，王梓桐路過她的屋，小聲說：「老大都沒來，你還在這兒傻坐著幹什麼。趁早回家！」

也對。一上午亂糟糟的心，趕緊撤退。

剛回到家，弟媳來電話讓她去一下，說她娘家的媽也病了，在老家的小縣城，正在醫院搶救。弟弟這邊，要託付二姐一下，待她忙完那邊，再回來照顧小年。

楚紅衛愣了一下神兒，然後沒有猶豫就答應了下來。本來，她還想說：「你咋不找大姐、大哥？」一想那麼大的手術，都沒有告訴他們，現在，再問這個，有點找沒意思。弟弟那空了的腹腔，她一想，她像自己的腔裡也空了，瘆涼瘆涼地疼，後脊背都開裂一樣，神經撕扯。

她要請假，單位的兩個副館，都是不管事的，打了也會支她打給老大，或老二小趙。按說這種事，她應該先跟辦公室主任小孫說一聲，然後再告訴分管她的副館，但鑑於平時打了也是白打，說了也是白說，小趙又在醫院，她把電話，直接打給了錢淑姬。錢淑姬倒是沒架子，整個單位的人有了事都直接向她請示，才好。這是她的特點，因為群藝館，如果鬆散管理，也實在沒什麼事兒。現在這些權力、制度，都是她疊床架屋制定出來的。所以，她願意有人向她請示，由她批准。當她聽了楚紅衛的情況，問她：「他沒有爸爸媽媽嗎？哥哥姐姐嗎？」

回答：爸媽也都臥床多年，現在都去世了。哥姐家更困難，都有病人待照顧。只有自己，這個上班的，可以有時間照顧一下他。

錢淑姬很人性化地說：「唉，都不容易。」

批准了她的請假，她也恭敬地一遍遍「感謝錢館長」。她還在撂電話前隱約地說，忙完了，她要當面感謝，「錢館長待人最善」之類。

掛斷後，楚紅衛心想，不怪馮塵嘲笑她，說她背後的能耐。當著人家老大的面兒，不是照樣一口一個「錢館長」叫得乖？不照樣低眉耷眼小丫環一樣？奔工資、奔職稱，她做不到為飯碗不折腰。

人體這架機器，真是太神奇了，如果不是有造物主，又是誰的大手，能讓人這臺行走的肌肉，這樣不可思議？看到堂姐來，住到家照顧他，堂弟小年，像是有了神力加持，臉上一下有了紅潤，氣力也足了起來。他甚至走下地來，給堂姐倒水。楚紅衛買了很多高蛋白的食物，她不擅烹煮，但起碼的知識，還是有的。學習研究了一下，又雇了一個小時工，幾天時間，把弟弟照顧得像個新生的嬰兒，一天比一天壯起來。

她不忍看弟弟胸下的那個大疤，那實在是一道太疼的傷口。

堂弟高興得像個孩子，他們聊天，說起小時候的一些往事。

那時，她在叔叔家，根本不知道自己和他們不是一家的。年節放假，大家聚一起嬉鬧，那時沒有電遊，小孩子的他們也沒有麻將可打。拿什麼取樂呢？堂姐、堂弟還有鄰居的孩子大家圍坐一圈，玩瞪眼閉嘴，誰眨眼誰就輸要受懲罰的自製遊戲；懲罰的手段是輸者由兩個人摁倒，大家夥兒撲上去騷胳肢窩。那份癢與痛，比直接地打要痛苦千百倍，低級又濃烈，惡俗又好玩。

有時被騷者不會老老實實的，他嘎嘎爆笑的同時四肢亂踢亂蹬，在被搔中拚命反抗，這時候就演變成了一場混戰。制服與反抗，反抗與制服，混亂中有人還會把襪子脫下來，照著對方的嘴抹去。如果是力道足夠巧，能一下塞到對方嘴裡，那這場混亂，就升級為戰爭了。十幾歲的孩子們在這份惡趣中，簡直忘記了最初是為什麼大家摁倒一個人，騷胳肢窩定好的刑罰規則，變成了憑感情關係的兩軍對壘。楚紅衛無論是被騷者，還是混亂中反抗的人，堂弟都永遠跟她一夥兒的。那時她更調皮，別人脫襪子當武器，她則用她靈巧的腳丫，直接上，用腳板抹一下對方的嘴，那效果，比襪子更刺激。關鍵不在伸沒伸進去，意思到了，噁心效果有了；這個發明，成了更小的兒童們爭相效仿的歡樂。混戰中，一隻隻小腳丫，都舉起來，有的站不穩，自己先摔倒了。東北滿族民居的大火炕，讓這幫孩子的笑鬧有了遼闊的戰場。

「嘎嘎，嘎嘎」，笑成一團的他們，不分輩分。嬸子看自己的孩子吃虧了，都上來參戰。那時堂弟永遠跟她一夥兒的，野蠻娛樂的方式，讓他們的感情更血濃於水。

有多少年了，那樣開心的「嘎嘎嘎」，發自肺腑的笑，再也沒有了。她現在，橡皮人一樣能幾天都沒有笑容，幾天都沒有表情。在單位，能一坐幾個小時都不吭一聲，完全跟這域的人一樣。現在，這幾天時間，她彷彿又回到了小時候，和弟弟兩個人的世界，堂弟開始笑時還捂著肋下，後來幾天，也可以「嘎嘎」笑出聲了。東北那方水土，狂野頑強的生命，再一次顯現。

突然，一場叫不上名的流行病，開始蔓延。開始是有人咳嗽，然後臉紅氣短，說南方那邊最嚴重。弟媳很快從老家回來，她鼻子紅紅的，說：「母親走了，走了也好，省得都遭罪。」

她說不趕緊回來不行，他們那裡已經管制，不讓流動了，人在哪兒，就停在哪兒，說有傳染病，得上就得死。

後來證明是一場虛驚。剛剛過了清明，天暖時，一切都消了。

小趙又活蹦亂跳地來上班，瘦是瘦了一些，那個葵花籽形的胖腦袋，瘦成了長條形。缺了一塊胃，也依然活蹦亂跳，天天來得比誰都早，單位真的就像他的家。有他在，錢淑姬根本不用來，有他看家護院，錢淑姬非常放心。只是「伸手臂」的工作，要暫停一段落。

為什麼不伸了，要暫停呢？楚紅衛以為是小趙身體的原因，後來聽說錢淑姬又有了新的創意，即「上達下沉」——一個新名詞。不過具體內容就是上面的精神來了，她這裡馬上就下到基層，把上級的精神再宣講一下，落實一下。楚紅衛皺著眉頭說：「這跟原來有什麼不一樣？還不是都一樣嘛。」

王梓桐笑了，說：「看破不說破。你總是說破，不怪人家不喜歡你。」

中午大家快吃飯時，楚紅衛提前走了出來。她看著走廊的盒飯，那是每天從外面的飯店訂的午餐，個人也要掏一點錢。楚紅衛看著塑膠盒下油膩的飯食，真是有嘔吐之感。她從不在人最多的樓層用廁所，而是拐出來，去另一個單位的那層。她忽然想到，有好久沒見到那個單位的黑衣小姑娘了，那小姑娘那圈藍色的襪子，一身黑，襪子邊露一圈藍，特別別致。她還仔細看過她的背影，無論是窄而薄的背，還是肩膀，都是那麼美好。美好的事物，讓人迷戀沉浸。她正納悶兒：「今天能不能見到她呢？」這樣想著，見牆上貼一頁A4紙的訃告，上面說哪個哪個，一看就是那個女孩的名字，明上午舉行送別儀式。單位早七點有中巴車，送行的人早七點來中巴一起出發。

「那個女孩是什麼病？——」楚紅衛問另一個姑娘，「她多大了？」

「腦瘤。二十八。」

「結婚了嗎？」

「還沒有。」

楚紅衛怔怔地向外走。那次看到她正和男友吃飯，人生的門裡門外，她應該是略有初嘗了。

「美好的東西，怎麼這麼不禁揉呢？」楚紅衛像失去親人一樣，神情很哀傷。

下午上班時，接到弟媳電話，她說自己不賣保險了，去了一個賣房仲介。她說：「二姐啊，現在可真是，幹啥都得靠拉人頭。不先把人拉來，你的買賣沒個做成。原來還說我們是騙子，他們賣房子的，更會騙。就說那二手房吧，本來值二百萬，他卻廣告上說一百五十萬，等你被吸引來了，搭茬兒問了，他們再一點一點哄，一點一點誘，一點一點蒙。我的天啊，新房、舊房，都是這麼幹的，他們管這叫牽驢。說是只有把驢先牽來，才有買賣做。」

楚紅衛問她：「現在房產不是下行嗎？聽說新的、舊的都賣不出去，賣不動。」

「下行是下行，可總是有人需要房子住吧？我們老闆說了，現在賣房子就是賣古董，三年不開張，開張吃三年。怎麼著，一單的仲介費也不少呢，頂那些上班的幾個月的工資。」

「噢，那還行。」楚紅衛問堂弟的身體，最近怎麼樣？

弟媳說：「好好壞壞，前幾天看他能幹點活了，我們高興，以為好了呢。可是這幾天，又是咳嗽，又是大喘的。二姐，我們還打算賣房子呢，拿了錢，我也買個小麵包，開車拉著他，討公道。像電影上那個女人那樣，不蒸饅頭我得爭口氣！」

楚紅衛一聽嚇一跳，堂弟這場病，真是把弟媳折磨得不輕。她的精神，有時跟失常一樣，剛才還是在這山，忽地一下，又悠到那一山了，過山車一樣。剛聽她說換了個工作，以為夠吃飯，兩人慢慢養，孩子也上大學了，不在身邊，沒那麼大壓力。怎麼一轉，又要開始告狀之路呢？在這條道上走的人，告來告去，最後不死也得瘋。

她說：「小霜，小霜啊，你咋想起這樣呢？小年同意嗎？」

「小年聽我的。現在他啥也不能幹了，再不聽我的，得餓死。」

「你沒聽說，告狀的人在北京街頭，被人蒙了頭罩給打悶棍，扔荒郊野外？」

「知道，還有給弄回來塞號裡的呢。但也有告贏的，給賠了。」

「二姐，我們不試試，咋知道行不行？」

「二姐，我們不這樣，還能咋樣？誰管我們？」

小霜最後是破口大罵，她說：「如果賣X能掙錢，我現在就去賣X！」

楚紅衛生氣了，她認為小霜沒資格跟她這樣說話。她的生活，又不是她造成的。放了電話，她還想，把她拉黑，再不接她電話了。命運這爐火，把那麼美好羞澀的女人，也熬成了渣。

她生了一會兒小霜的氣，又難受了一會兒單位的事，如果一直這樣下去，人該生病了。她打開手機，刷一下泡沫資訊，想換換心情。又看到了小霜的朋友圈，她是這樣發的房子廣告：「多少中學的房源賣瘋了，成交速度嗖嗖的，你還在聽別人的意見，他們只管出意見不出錢，只管出餿主意。等你再想買的時候，房子早沒了……。」然後落的電話前面加了兩個字，「搶房」電話。明明是她在誘騙你、誘拐你，落上個「搶」字，真的像發令槍一樣，上來就蠱了你。

還有：「如果明天取消了政策，你後不後悔？畢竟，你家還是要買房。請你放下手頭的一切，趕緊趕緊，來看房，買到就是賺到，吃政策紅利省下幾十萬，不比費勁巴力地掙錢香？」

晚上睡覺時，她又失眠了，活得不好的人，不僅是弟媳小霜、堂弟小年，還有那麼多那麼多。錢淑姬看似有權，天天走路都「哐哐」的，坦克一樣，她的人生就快樂嗎？單看那表情、眼神，就知道未必。還有那個胖孩子小趙，趙書記，他走道就沒直過後脊背、挺過腰，他的肥吃肥喝，又是多少伏低做小撐起？還有小孫、大李，包括衣食無憂，家裡任何困難都由丈夫解決的王梓桐，她不是也告訴過自己，她覺得活著一點意思都沒有嗎？表哥、表姐，他們的厭世，是因為貧困。弟媳、堂弟，他們的掙扎，也是因為窮。而王梓桐和自己，吃是吃飽了，可精神的煎熬，常常被堂姐們笑話為是吃飽了撐的。其實，飽不飽，都不好過。

佛說，人生來就是苦的。

你只有把苦，當蜜餞來品嘗，把生活的十字架，心甘情願背起來，前行，才有路。生命的苦累就像壓倉石，也是航行的錨，沒有錨墜著，船同樣更慘。向死而生，踏浪而行，航著就是目標。雖然誰都不知道生命的終點究竟是哪裡，到哪一天，自己要下船。正是因為這樣，才要奮力前行……。楚紅衛在魯迅那句「心事浩茫連宇宙」中，漸漸睡著了。

萬木蔥蘢，這個城市沒有春天，也沒有秋天，要麼死熱，要麼死冷。死冷的冬天過去，就是熱得樹木都未見發芽就直接燠熱的夏天了。

楚紅衛覺得生活像是只有一個黑夜、一個白天。黑夜在重複著那些沒有出路的思想，白天則日復一日，抄作業一樣。她這天剛到辦公室，手機「鈴鈴」響起，是個陌生號，六位數，應該是座機電話。

按說這樣的電話都可不接，他們多半是房產、保險推銷。可是前幾天社區的物業經理換人了，說是遺留問題都可以給解決。楚紅衛水錶的問題，新的物業人員電話中跟她再核實了一遍。她還奇怪，物業的人怎麼這樣講了規矩？後聽鄰居說這是後浪拍前浪，他們只有對社區的居民好，滿意，才能把前一窩的趕走。

誰霸占了物業，誰就有錢賺。

莫不是物業的打來電話？楚紅衛摸電門一樣慢慢地把手機摁了接聽。

那邊是個婦女的聲音，她說你是誰誰誰吧，她把楚紅衛的名字叫得很準。然後，近乎命令語氣中又含著誘拐似的說：「第三針疫苗，你打了嗎？沒有吧，怎麼還不趕快過來打！」

楚紅衛的火騰地就被她點燃了——那些騙子，推銷這個，坑拐那個，全是為了錢，可他們圖財不害命；而此時這個，她明顯是醫院的公職人員，去年那場莫明地發燒病，莫名地來，莫名地走，當時讓大家打疫苗，可是打過的人，有很多後遺症。楚紅衛和弟媳小霜，都是好好的人被打過疫苗後不適，小霜例假都紊亂了。所以後來再有推銷打疫苗的電話，她們都拒絕。現在，這個女人又打來了，她不是那些代表衛生部門推銷的，她實質就在醫院。

楚紅衛沒有像對待其他騙子那樣掛掉電話，而是穩了穩神兒，定定情緒，凌厲地反問：

「你叫什麼？你在哪個單位？誰讓你打的這個電話？」

對方有點懵，推銷的電話她應該打了無數次，且多數時候奏效。成百上千的人，即使不願意，也沒有這樣反問她的。平時打電話她只要一報醫院，一報公家的名頭，對方沒有不老實的。現在，這個女人，她瘋了嗎？

她猶豫沉吟了少許，鎮靜地說：「你問這個幹什麼？」

「你讓我去打針，我當然要問清楚你是誰。」

女人說了她姓什麼，然後說電話是上級讓打的。

「什麼上級，他是什麼職務？叫什麼？」

楚紅衛問得咄咄逼人。

女人一愣之下，有些怯懦地，說出了區長的名字。她說區長讓她打的。

「你們區長真是為人民操碎了心啊。」楚紅衛諷刺道。她說：「第一，以後不要再騷擾我、給我打這樣的電話。坑人、害人，少幹點。第二，從今天起我已明確說了我不打，如果你還逼，我就連你們的上級一起告。現在國家有明文規定。」

「告，願意告你就告去。」女人也生氣了，所有人一聽公權，都嚇得哆嗦，乖乖地來打，她憑什麼這麼橫？女人在電話那端拿起了嚇唬的武器，又是文件又是政策的，嚇唬她「如果拒絕，後果自負」。

楚紅衛開始痛斥她，說：「你們身為醫生，白披了這張皮。我問你，你們研究清楚了那場瘟疫究竟是什麼原因導致的？源頭又在哪裡？如何預防？怎麼治理？這些，你們統統不關心，也不懂。你們懂的、上心的，只是賣藥、賣苗、賣針管。為了那點蠅頭小利，你們良心、臉面全不顧！」——楚紅衛越說越激憤，聲討中，她的斥詞微觀、宏觀，縱橫捭闔。她從自身受的危害，到弟媳提早更年……指斥她們身為醫務工作者，對健康人殺雞取卵。說到最後，她還提到那個叫什麼波什麼拉底[1]的人，她幾乎是完整地背誦了那個人的誓言。她自己都沒想到能對那段誓言倒背如流。那邊聽的人像聽課一樣，一直沒撂電話，最後是楚紅衛掛斷了。免費上課也挺累的，再說了，醫學又不是她的專長。這一通電話教學，讓她胸中塞滿的垃圾，傾洩而空，極為暢快。

一天的時間，走廊都靜悄悄的。以小趙為首的那幾個核心，他們不在，單位裡就顯得冷鍋冰灶。楚紅衛打水時路過王梓桐的辦公室，問她：「人呢，咋都沒來？」王梓桐說：「心腹們隨老大進京了。」

---

1 希波克拉底（前四六〇年－前三七〇年），古希臘伯里克利時代的醫師。其著名的〈希波克拉底誓詞〉內容，包含「不得將危害藥品給予他人」。

「開會？」

「不是，開什麼會能輪到他們？好像是爭獎，這不又到了評獎季了嘛，錢淑姬去爭獎，帶隊跑關係。聽說能整個大的回來，算成績。也為省裡爭光。」

「真能耐。」楚紅衛拎著水壺自語說。她說的能耐是指錢淑姬，快六十的人了，擱母親那時，是慈祥的奶奶。可她，還這麼歡實。聽說跑來了獎，單位出了成績，她還能升半格，再進半步。「真是鋼鐵做的女人呀。」

快下班時，下雨了。這個城市很乾旱，主城區只有一條人工河，平日不下雨時，那只是一圈硬梆梆水泥槽子。老天爺給點好臉色，施以露，那水泥槽子才水波蕩漾，可稱其為一條河了。

楚紅衛收拾收拾東西就走了出來，不用跟誰請假，真好。她開的是一輛很便宜的小車，沿著河道的方向，二十分鐘，就可開到盡頭。那裡較空曠，還有一片草地。空曠也是一劑良藥，楚紅衛深深吐了一口氣。

她車裡有一把小帆布椅，拿出來，坐下。為了不顯得生硬，旁邊還支出了畫夾。這樣才不像跳河的。小帆布椅不是很舒服，她又站了起來，徘徊於河邊。雨後的空氣真舒服，它滌蕩了一切，是上天給汙濁的人間洗了個澡吧。一隻小鴨子浮在水上，黑麻的小身體讓人看不出牠是野鴨還是家鴨，偶爾直立像海邊的胖海鷗。牠伸著小頭，脖子抻長，高昂著，悠遊地游。

牠有思想嗎？牠應該是比人幸福吧。不用什麼力氣，只有要水，就那麼浮著，浮著就是生活。只是偶爾，才向下扎一下，一扎，就吃到了魚蟲。再或撲隆一下，翻起點水花，這就是牠的鴨生了。水越大，牠越自在。「水大漫不過鴨子」——這句話喻示的是不是一點人生哲理呢？

雨後的天空，白雲是紗狀，一面面扯起的輕紗，掛於蒼穹，乾淨，透亮。人間好物不長久，彩雲易散琉璃脆[2]——這天上的雲，薄紗，過不了一會兒，它又變為空氣、水、輕風，流轉於天地間，流到海裡、江河，飛入空中，再化為彩虹……。這般壯美的人世間，錢淑姬、胖小趙、滑小孫、賊大李，他們這些鑽營於塵世、埋頭紅塵的人，直到死，也不肯向塵世之外多看一眼的。堂弟、弟媳，堂姐、堂哥，他們又何嘗不是？他們一直嘲笑她的癡、呆，如果此時見她這樣，一定會奇怪，一個人，對著天地，傻坐、呆看，那空空的天和曠曠的地有什麼看頭呢？

---

[2] 此句出自唐詩人白居易〈簡簡吟〉：「大都好物不堅牢，彩雲易散琉璃脆。」

一幅幅條紗慢慢聚攏，團成了一朵朵胖胖的白棉花。棉花堆積，又成了巍峨的群山、漸暗的城堡。又過一會兒，水天相連不見了，海市也不見了，一切，又都回到原樣，煙消雲散。

堂弟小年那熱熱的肝腸，真的是被割掉，現在已到了另一個不知男女的腹中了嗎？或者，真是病灶，垃圾樣扔了，現在已漚為泥，肥了田地草木？還有同辦公樓裡，那個一直不知名的姑娘，那麼年輕的生命，現在，是不是也化作了春花夏草？

大自然的滌蕩，讓楚紅衛的身心度過了一個愉快的傍晚。月亮出來了，她收拾起小帆布椅，準備回家。暗下來的天空，讓她猛然回到現實，一下子想到明天。明天，還要上班，還要沒完沒了接騙子們的電話啊，要面對推土機一樣的錢淑姬、小趙的探頭探腦，還有……。她的心情馬上和外面的天空一個顏色了。

「河水高漲時，魚吃螞蟻；河水涸成灘，螞蟻吃魚。」——想到這句東亞諺語，她側頭去找水面上的那隻小鴨子，夜幕中，牠依然悠遊地浮著，浮著。

回程的路上，楚紅衛撳開了車載收音機，這個時段，竟然播放的是電影《駱駝祥子》。電影上祥子的命運和原著中是不一樣的，結尾處老舍對祥子的描述是這樣的：「祥子想，活下去，將就著活下去，就是一切。其他，無需多想。」

——將就著活下去，就是一切。其他，無需多想。
這應該是堂弟和小霜，還有很多人，共同的心聲吧。

——二〇二三年十一月初冬，河北

你是我的媽媽

楊陽放學，進屋叫了聲「奶奶」，奶奶的回答是「嗯」，從鼻腔發出的，眼皮兒也沒抬。楊陽不在乎，讓她叫奶奶，讓她有禮貌，讓她多懂點事兒，讓她這，讓她那，這都是媽媽的主意。楊陽自己，並不多願意張這個口。她進了西屋，放下書包，手都沒洗，就奔廚房來了。這一段，每天，她都很餓，很想吃點香的、如意順口的；可是奶奶的手藝，加上她的偏心，是難如她願的。看著她整天廚房忙，是做不出什麼好飯的！

楊陽這樣想著，就聞到了鍋裡的麵味，一鍋麵條，粗得像繩子，白慘慘地煮在鍋裡。接下來又要澆那噁心人的茄子塊兒鹵了，楊陽不等吃，食道就條件反射般地發堵、阻塞，要吐。茄子塊兒在水裡煮的，和油裡炸的，完全兩個味。前者讓人吃了想吐，嚥不下；後者呢，是媽媽做的，越吃越香。

奶奶看她皺著小眉頭，一個剛九歲的孩子，就知道挑飯食了。奶奶兩手一捲圍裙，也沉著臉進屋了。再出來，門框窄，奶奶胖，橫著的身軀像是被人從門框裡薅出來。楊陽嫌惡地躲了一下身，奶奶兩手依然抓捲著圍裙。奶奶的圍裙就是她擦手、擦鼻涕兼擦東擦西的抹布。

不知這麵條，還要煮到什麼時候，這樣的餐食，讓楊陽失望透了。同時，也湧起對母親的怨恨：「把我扔這，不管了，以管姥爺為藉口，不管我了。」這樣想著，她順手拉了一下櫥櫃的抽屜。櫥櫃就是屋裡的床頭櫃，挪到廚房當櫃用了。抽屜裡有剪刀，有土豆削皮器，還有一牙一牙的西瓜。紅紅的瓤，烏油油的籽，朝著上面擺著——西瓜切好了放在抽屜裡，藏著，這是預備給蘇婉回來吃呢。我先回，是不讓吃的，偏向（偏心）。楊陽想。

奶奶像是覺察到了抽屜被拉，她快走的腳步讓她笨重的身軀像企鵝，依然兩手搽著圍裙，三步兩步就衝進廚房。老式的房子，不到四十坪，廚房也小得可憐，一老一小兩個人站著，裡面就轉不開身了。半開的抽屜露著西瓜，一老一小臉對臉看著，奶奶說：「楊陽，你先吃一塊吧，我都切好了。」

楊陽拿起一塊，瓜皮上粘著灰，碎渣子。切好的西瓜，沒法再洗了，楊陽兩手舉著，很有技巧地伸脖吃，同時說：「奶奶，以後西瓜別往抽屜放了，都是灰，多髒呀。」

奶奶沒應話，嘴角向下拉，眼角向上挑。那意思是：「跟你媽一樣，事兒多。」

「哐哐哐」，鐵皮門被敲響了，楊陽說：「沒長手啊？自己不會開呀？」她這是在說蘇婉。蘇婉有鑰匙，但他覺得敲門更省事。奶奶三步併兩步，又企鵝一樣，跑去開門。服務親孫子，她願意，沒有怨言。

蘇婉是男孩，小時候身體不好，起個女孩兒的名，說「沖沖，好養活」。

看蘇婉回來了，奶奶臉上的笑，堆滿了。她說：「洗洗手，先吃飯。」說著，進廚房盛撈麵條，澆鹵兒，連同抽屜裡的西瓜，一氣兒都端到了桌上，蘇婉平時的座位前，讓他快來吃快來吃。

蘇婉又細又弱，十歲了，比楊陽大三個月，卻像小三歲。他一步一步慢慢地來到桌前，胳膊和腿，因為慢，有點像電影上的機器人，一折一折的。楊陽跟他鬥嘴時，會嘲笑他走路都踩不死個螞蟻。奶奶看他一頭汗，讓他先吃塊兒瓜，涼快涼快，不著急。

蘇婉沒理，他端起了碗，用筷子扒麵條。

「哎——咦，」楊陽拉著怪聲，說，「那麼粗的麵條，繩子似的，你可真吃得下！」不提醒沒事兒，這一提醒，蘇婉也愣了。他停下，不吃了，舉著筷子睜著眼，意思是：「不吃，吃什麼？」

蘇婉母親去得早，他的胃是奶奶和姥姥養成的，百家飯，有什麼吃什麼，不挑食。那茄子究竟該在油裡過，還是水裡煮，他沒分別。

楊陽扔了手裡的西瓜皮，再抄起一塊。奶奶說：「楊陽，瓜皮剩得太厚了，就那麼扔了，小妮兒糟蹋東西呢。看你媽來了我不告訴她！」

「瓜皮上都是灰！」楊陽說。

「先吃麵吧，吃完飯再吃瓜。」奶奶輕輕但是有力地奪下了她手中的西瓜。

「飯前吃涼的，不好。」奶奶又說。

「不好你咋讓他吃?!」楊陽梗著小脖子，頂嘴。

「他不就吃了一塊兒嗎?!」奶奶生氣了。奶奶一生氣，小小的眼睛能變成三角形，立立著，像臉上戳著一對等邊三角形小燈，很嚇人。

楊陽不怕，她吃了一口麵，說：「太難吃了，坨成這樣，比豬食還難吃呢。我媽說了，麵不能煮得太爛，太爛就坨了，坨麵吃了也得吐。」

經她這一提醒，蘇婉也說：「是，奶奶，這麵都粘一塊兒了。」

蘇婉小小的細手指，捏著筷子，攪動著粗麵條，像攪不動一樣。細手指沒有麵條的力氣大。

「鹵兒也不好吃，茄子都是辣的，辣嗓子。」楊陽又說。

「對，是，是有點不好吃。」蘇婉又跟著點點頭。

「別吃了，咱們別吃了。上回我吃這個，到了學校，就吐了。我去烙雞蛋餅，你等著，雞蛋餅好吃！」

說著，楊陽真的去了廚房。她小小的手抄起一口平鍋，那是奶奶煎藥用的，只有巴掌大。她熟練地把鍋放到灶上，「噗」，燃氣火打著了……

楊奈中午在單位，她的兩隻手快得像撓子，桌上亂七八糟的工資條，被她「刷刷刷」，就整理成了一連兒。放進抽屜，「哐噹」一下，鎖也上好了。人站起來包都上了肩，她說：

「我得先回去，家裡有事。」

埋頭看手機股市資訊的小魏，點點頭，顧不上應答，就允許她走了。楊奈有個臥床的老爹，還有一孩子，沒丈夫。這個女人，長了三頭六臂一樣活著，小魏都習慣了。兩個人關係還不錯，領導一問，小魏就說她去銀行了。多少年了，楊奈無論是送孩子、照顧老爹，還是辦點什麼私事，小魏都一律回答去了銀行。兩個女人，一個會計，一個出納，業務水準相當，日子差異巨大。這就讓每次都照顧她的小魏，有一種自豪感、悲憫感，扶弱濟貧感。出納員，跑銀行是常事兒。就是楊奈前幾年出去相對象，找男人，小魏也說她去了銀行。兩個女人的友誼挺深，不是一個階級，拯救與被拯救，感情很磁實（扎實）。

楊奈的自行車又丟了，她暫時不想再買，買了也是給小偷預備的。這個小偷啊，偷車都偷上癮了，你就是把自行車扛進樓道，塞起來，他也能給你翻出偷走。偷吧，把自行車產業偷黃了、偷垮了，算你本事大。楊奈兩隻腿像鶴，蹈得非常快，上六路，再倒二十七，這個時間應該不堵，老爹家就近在眼前了。

「嘩啦啦啦」，楊奈的鑰匙一大串，開門響點，讓父親聽見，包括跑步進來的喘息聲。

老父親一聽到她，就小孩子一樣歡欣，嘴裡「嗯嗯」的，知道是哪個來了。一生養了兩個，姐姐楊奈，弟弟楊男，都離婚。楊奈不但管著老爹，還得管孩子，管弟弟，管弟弟的孩子。這個大女兒啊，比男人都能幹、扛造。當老爹的也心疼，有時倒不開，要弟弟楊男要來照顧一下老爹，可是楊男還像個沒長大的孩子，坐下來，手持遙控器，能跟電視飆一天。老爹呢，就是他扔到一邊的孩子了，自生自滅。老爹希望每天來的都是楊奈，而不是楊男。

「爸，你沒事兒吧？」楊奈掛包和脫外衣是同時進行的，衣服掛上，人已經來到床前。她又叫了一聲「爸」，老父親「嗯嗯啊啊」地回答。父親已經不能說出完整的話，所有的問話、回答，都是「嗯嗯啊啊」。楊奈奇怪母親說過的那個理論：多和少的平衡，早和晚的守制。什麼「年輕時話癆，老了就閉嘴。年輕時走正道，老了享大福」。拿這個去考量，對父親就是不公的；因為父親一輩子沉默寡言，人人誇讚忠厚老實，可是他剛剛六十出頭，就啞語了。父親老實忠厚，對母親忠誠無二，可是母親早去，娶了後母，日子沒過幾天，父親病成這樣，後母也走了。

這就是無奈的人生吧。

會計出身的楊奈，哲人一樣，自己對自己搖了搖頭。

楊奈問父親：「喝水嗎？渴不渴？」說著就去給父親倒，還擠入了半個新鮮柳丁，兌上適溫的水。父親臥床了好幾年，皮膚明顯發糟，多喝水，多補充維生素C，這是楊奈自忖的藥方，並自作主張地給父親按方抓藥了。

父親不願喝酸的，直晃頭。他那隻能動的手，指被子，又向自己的下方指。楊奈明白了，父親是要解溲。

她趕緊去拿尿壺。

不不不，父親擺手。右半邊臉，急得更紅了。他自從血栓，一下把臉栓歪了。年輕時那麼周正的臉，現在右半邊臉像多塞了一顆紅棗，伏在皮肉下。一急，那顆紅棗又紅又鼓。他一著急「嗯啊」就變成「嗚嚕嚕」了。

噢，氣味讓楊奈明白了，父親屙床了。

戴上長臂橡膠手套，楊奈專業清潔工一樣，三五除二，把床上的單子和父親分離了。拿到衛生間，對著水管子「嘩嘩嘩」一頓猛沖……。要給父親洗澡，她抬眼看看時間，蘇愛蓮該下班了，怎麼還沒回？她打電話給老蘇，老蘇說：「馬上，馬上。」

蘇愛蓮是她的丈夫，後找的。自行車族，一開門進來，滿頭的汗。極破的自行車，小偷都不偷，鎖也不用，扔門口就行。

楊奈把飯菜都做好了，給父親弄了點肉，爛乎又有滋味。還拍了點蒜泥黃瓜，解膩。又給老蘇預備了油炸花生米，冰鎮啤。她待蘇愛蓮幫助老爹洗完澡，三人再一起吃飯。

蘇愛蓮是南方人，青年時期流落北方，一家企業的文管。曾經夢想當作家的，可一生困在企業寫公文。愛蓮的名字，體現了他的文學追求。他原名叫蘇小三。

老爹像個惹了事的孩子，臉上訕訕的。蓋著棉布單，看著進得前來的蘇愛蓮。沒得病時，這個男子和楊奈對象不對象，朋友不朋友。他也摸不準是女兒不同意，還是蘇愛蓮沒有真心，反正他們沒有談婚論嫁。隔一段，見一面。別看大女兒楊奈還帶著個孩子，可她還挺挑，眼光一直不降格——這也使她一直單著。自打自己病了，開始還好，能動；這兩年，懶得動，越來越不行了。楊奈背他幾回，他能看出楊奈快吐血了。兒子楊男，基本不著調，指不上。後來，尤其是洗澡，沒個人撐著，有力地架著，他是萬萬洗不成的。楊男幫著洗過，有一次父親全身打上了泡沫，滑得持不住，楊男和父親一起倒在地上了。自那以後，楊奈就叫蘇愛蓮來家了。兩人從從前的模糊關係，一躍晉升為女婿姑爺。老蘇的主要使命，是幫著丈爹洗澡。楊奈呢，負責照顧蘇愛蓮的兒子和母親。

蘇愛蓮家在南方農村，接來母親，住在自己的小房子裡，給兩個孩子做做飯。一應開支，都由楊奈負責。楊奈給蘇愛蓮畫了餅，讓他好好幫著盡孝，待孩子長大了，老人也老了，兩個人的日子，就好了。

蘇愛蓮是公路管理處耍筆桿兒的，掙得不多，時間自由。可是近兩年，弄什麼改革，把他們那個省心省力的公司，改成了企業。辦公的地方，也改到了城外，離著橋東還近些。晚上下了班，住到楊奈這裡。到了這個年齡，蘇愛蓮已沒什麼大志向，搖筆桿的人，省心就是好日子。經濟負擔輕省，對男人來說，更是個大便宜。光出點力，這還算個事兒嗎？況且這個力還能望到頭兒，這頭兒墜著個能幹的女人，金不換呢。當時兩人相對象，蘇愛蓮對楊奈的條件是滿意的，長相，不太中意。她太瘦太高了，又瘦又高的女人，臉上還寡。尤其兩條腿，鶴一樣，又細又長，用老家的話那叫「大摺叉子腿呢，沒福享」。

這不，她是不享福，她把所有的福，都給了別人享。你看她竹竿兒一樣的身板，瘦且益堅。手和腳就沒有停過，那麼細，能把她爸背起來，放到輪椅上。做飯，也是手腳並用，沒幾分鐘，一家人吃的飯，就弄熟了。在單位，出納，撓錢的耙子呢，聽她說好像平時的活兒，三個人的財務室，她一人幹三人的，啥都不說。所以，她有個事兒出來，小魏才說她去銀行了，人緣好著呢。

目前，她除了老爹是負擔，別的，沒挑兒。幫著她把老爹侍候完，剩下的，都是光亮日子。

蘇愛蓮覺得楊奈畫的餅指日可吃，幫丈爹洗個澡算小小的抵兌。他幹得並無怨言，那表情算得上心甘情願。

兩個人默契，話不多說，楊奈向衛生間一挺下巴，蘇愛蓮就知道水已燒好，他脫去外衫，搬好小凳，再去床邊，連搬帶背，把身體不靈便的岳丈爹弄進了衛生間。

天熱，華北的夏天，熱得像蒸鍋。老爹身上的氣味，讓蘇愛蓮昂起了脖子。「嘩嘩嘩嘩」，一陣水沖，漸漸地，屋子裡氣味恢復到正常了。

衛生間有把手，有熱盆，有亮堂堂的燈光。和這間已經破舊的屋子相比，這個衛生間，算豪華了。這是楊奈的傑作。自從老父親病，她攢了一筆錢，好好地把衛生間收拾了。衛生間可能是父親行將多待的地方，必須方便舒適。母親那麼早地走了，繼母又轉眼成空，父親心裡有傷呢。讓他少受點罪，做女兒的，心裡安生。

楊奈把飯桌子拾掇好，粥盛上涼著，飯菜擺齊。蘇愛蓮出來取背心，看楊奈坐在桌前發呆，她的頸項也有鶴的特點，細、長，歪在那兒。從後面看上去，還有少女的美。只是五官，都過於細小了，咋看咋沒有大眼生生。不過看慣了，也行。蘇愛蓮忽然來了興致，上前拍了她一下。楊奈扭頭，那隻拍在肩膀上的手，又順勢滑向了臉蛋。這個歲數，捏臉已經不太對路兒了，這又不是拍電影。楊奈瘦而硬的手一把拽下他，老蘇訕訕地笑了，傻笑著站在那兒。

他似乎忘記了出來是幹麼的。

楊奈能感覺得出，這個男人對她越來越好了，她也知好兒。給老父親洗澡的男人，同床共枕，已經當上了自己的丈夫，他給她好兒，她應該更加倍地還回去——剛才的一揪一推，太顯生份（陌生）了。她趕緊雙手一環，細長的胳膊在老蘇肩膀之上，抱住脖子很輕鬆。老蘇以為投桃報李，踮起腳要找嘴。楊奈又是一推，說：「都多大歲數了，啃啥！」

這個女人真是太有力氣了。長年侍候她爹，快成大力士了，別看竹竿兒一樣。

蘇愛蓮說：「多大歲數也得啃，啃不分年齡。」說著年輕人一樣熱烈地摟抱楊奈。楊奈脖頸柔軟，鵝一樣被他彎來彎去。楊奈說：「老爹還在裡面呢，沒正事兒。」嘴上這樣說，手上不再那麼生硬了。老蘇心滿意足地走向衛生間，幫岳丈爹穿好擦乾，背大麻袋一樣把老爹背出來了。

三人正要吃，電話突然響，楊奈蹭地一下站起。自從父親病，她生活中最怕的就是電話鈴聲了。自從那個半夜，聽到父親不行了，她馬上，就心臟落下疼的毛病。現在，鈴聲一響，她就知道這個時間，準是楊陽又有事了。

果然，那邊是哭聲和摔東西的聲音。

電話是先從楊陽手裡，再被蘇婉搶去的。楊陽說：「媽媽你來不來？你管不管我了？再不來，我就走了！」

蘇婉搶過去，說：「阿姨你來不來？再不來我奶奶就氣死了！」

楊陽再奪回，說：「媽，你知不知道奶奶她偏心，她是什麼奶奶呀。」

蘇婉再發聲：「阿姨，楊陽摔了我的書包。」

楊陽：「他先摔了我的文具盒，筆尖都摔折了，嗚嗚嗚～～」

「她不讓我洗澡。」

「他天天總先洗，總得讓著他！」

「讓你媽滾。」

「讓你爸滾。」

……

楊奈覺得耳朵裡像灌進了水，老蘇也知道那邊又有事了。他勸她：「先吃，先吃，小孩子打架，不是事兒。」

「你媽媽不是在家嗎？」

「她管不了啥。吃，吃，吃完咱們去。」

老蘇倒是淡定。這種時候，可以看出，再懦弱的男人，也是男人。

父親用一隻手拿勺，小孩子一樣崴弄。楊奈心煩意亂，她知道女兒是個不省事兒的孩子。可眼前的父親又不能放下。她拿過勺，餵父親。父親要強，他感覺出女兒那邊有事兒了，他欲奪回自己的勺子。嘴裡「嗚嚕嚕」地說：「自己來。」那意思是：「有什麼事，你們去。不用管我。」

楊奈沒有隨父親，她硬是掐住勺子，一勺勺餵，把父親餵飽了，自己快速扒了幾口。老蘇默契，也吃得狼吞虎嚥。趁楊奈給父親擦臉洗假牙的當兒，他把廚房也收拾利索了。有老有少，中年人全都一身好武藝，廚房、廳堂，拳打腳踢。雖然他嘴上說著「不急」，其實，心裡更牽掛蘇婉。這孩子從小沒娘，細弱得可憐。是男孩，一直當女孩養。現在，不用猜，倆孩子又打架了。

新聞聯播起，楊奈把老父親放倚在床上。倚床看電視，是身體不便後，老父親的全部精神生活。楊奈又給楊男打電話，讓他今晚來父親這住一宿。

楊男答應得倒痛快，他說：「姐你先走吧，我一會兒就到。」

蘇愛蓮的自行車沒有後座，楊奈坐在前梁，長長的腿，直往地上戳。這樣的姿勢，讓他們很惹人眼。如果不是楊陽那邊來電話，今晚，他們就住在這裡了。這個城市是橫向狹長，橋東、橋西，離得很遠。一般是週末的時候，他們趕回橋西，買些好吃的，跟兩個孩子、奶奶，一起過週末。平時，要上班，住在這邊，上班也近些。

頭髮被風吹著，向後飄浮，髮梢掃著蘇愛蓮的臉。寬心大肺的他，竟用牙齒咬住了，還一點一點，向裡拽。楊奈的心情比剛才好多了，瘦瘦的屁股坐在一根鐵梁上，雖然艱苦，但身後的臂膀，環著她，還能感覺出寬厚的懷抱，讓她稍適、心安。她已經三十五歲了，此前短暫的婚姻，她還沒有感覺出男人的好，男人就不辭而別，去過下一段他所追求的好了。她和孩子孤零，但是要強，男人一樣生活著。照顧老父親，才毅然下嫁。蘇愛蓮沒有看上她的容貌，她也沒看好蘇愛蓮的生活態度。一個男人，搖著筆桿兒，就以為可以悠閒一輩子呢。家不像家，業不像業。兩人從開始的互不看好，到互相給好兒，互助互濟，應該感謝生活。是生活教育了她們。現在，不但給好兒，有一些時候，還能付出點愛、真心。這個就可貴了。會計行當的楊奈，外表看是個枯燥的女人，可是內心，由於多讀了一些書、愛看電影，心腸是柔軟的，甚至，靈魂也有一絲豐盈，才總是表現得有幾分沉思。

蘇愛蓮咬著她的頭髮，輕輕向嘴裡拽。她細長的脖頸扭了兩扭，又回曲度很高地向著他笑了一下，說：「快騎吧，你娘準是生氣了。」

「沒事兒，蘇婉這孩子也該磕打磕打。太慣著了。」

楊奈伸手到車筐裡提了一下塑膠袋，那裡面裝著她前一日買的太太服，是準備週末拿回家的。抖了抖，說：「但願老太太能開心。」

「我娘沒事兒，人老了跟小孩兒一樣，氣一會兒就沒事了。」

徐徐的風，還有徐徐的沙，這是一個乾燥的城市，城內沒有河流，開了一條人工河，冬夏，河水都瘦得只剩了乾巴巴的河床。天地間大工地一樣，塵土讓楊奈瞇著眼睛，不等到樓下，憑著哭聲，他倆就撂下車一起飛奔了。

楊陽才九歲的女孩，帶著怨憤的哭聲是嚎的，是拚命的，是怒氣高昂的。無疑，她在喚媽媽，等媽媽，同時，也是示威，是吶喊，是向那一對奶孫，示威。

楊奈猿類一樣，她跑得太快了，三層樓她好像是一個高兒就躥進來的。待老蘇進門，楊陽已經倚在楊奈的懷裡了。

楊奈平時不慣著女兒，和平的日子裡，娘倆相依的鏡頭並不多。現在，楊奈肯這樣，是兩家人的壁壘分明了。因為蘇婉，也一下子撲進他爹懷裡。

蘇愛蓮叫了一聲「娘」，他娘坐在小凳上，凳子太小，肉身重，那枚小凳子「吱啞啞」的。老太太還是兩手捲著圍裙，其中一隻手捂著胃，上身微哈，向前一壓一壓的。那枚小凳子不堪重負。

「奶奶，你別嘎油，嘎壞了，我上學還得拿呢。」蘇婉說。

她奶奶站了起來，站得慢悠悠。蘇愛蓮上去攙，被一隻有力的胳膊甩開了。他娘捂胃的那隻手，又捂向了臉，右邊。她「嘶哈」著說：「我牙疼，胃也疼，得上醫院。」

「淨裝病。」楊陽說。

擱平時，楊奈會打她，至少聳她。但現在，她沒有說什麼。自己的女兒受氣了，這是肯定的。農村老太太，重血緣，偏向。這是肯定的。她都後悔買了那麼貴的太太服，真心孝敬她，並不能換來她對倆孩子的平等對待。楊奈平時對自己也是節儉的，現在，拿來這麼貴的東西，示好、獻愛心，希冀她對女兒好點兒，結果，並不一定如意。

各回各的屋，各聽各的彙報。楊奈知道，楊陽天天吃白水麵條，吃夠了。吃奶奶水煮的爛茄子，上一次還吃吐了。楊陽還告狀說，奶奶切的西瓜，藏在抽屜裡，專等蘇婉回來吃。她下午上學，看到蘇婉在前面的沙堆裡撥出錢，買冰糕，那都是奶奶偷偷給他的。而媽媽留下的零花錢，奶奶並沒有發給她。晚上回來吃飯，奶奶什麼也沒做，說她病了，讓他們吃中午的剩麵條。她和蘇婉都沒吃，要洗澡。她把東西都準備好了，剛要進，蘇婉搶了先。讓奶奶來評理，奶奶說：「讓蘇婉先洗吧，蘇婉是哥哥。」楊陽問：「你們不是總說大的要讓著小的嗎？為什麼奶奶卻讓我處處讓著蘇婉？事事讓著他？」

楊陽接著敘述，她沒管那套，硬是推開蘇婉，先進衛生間了。可是蘇婉一生氣，抓過她的書包給摔了。她不洗了，衝出來摔蘇婉的文具盒。奶奶拉偏架，上來護，她就摔了桌上的碗。蘇婉一看，又去摔她的文具盒。她中午剛削好的鉛筆，細細的筆鉛全都摔斷了。

奶奶就給媽媽打了電話，讓她來領人。說：「這孩子她管不了！」

楊奈始終沒吭聲，女兒的話，就是打著折聽，折一半，也肯定有奶奶的不是。那個蘇婉，更不是省油的。蔫蔫的，暗勁可大呢。從跟老蘇認識，他不就願意老蘇娶她。他家什麼都沒有，娶個屁呀。不是老蘇有一身好力氣，互助互建，她願意給他當阿姨嗎？

蘇愛蓮那屋，也聽過情況了。老太太沒提西瓜，也沒提單獨給蘇婉零花錢，只提楊陽的不聽話、難侍候。「小小年紀，就自己去烙雞蛋餅，屋子差點沒被她點了。雞蛋和麵全糊了。沒見過這麼敗類的孩子。晚上，洗個澡，誰先洗不行呢，她不，堅決拔豪豪，就得她先來。蘇婉爭不過她，摔了書包，她就敢摔碗。這日子，是沒法過了，有這樣的孩子還不把我活活氣死！」……

楊陽嫌飯不好吃，楊奈知道。但操鍋弄灶自己要烙雞蛋餅，這個她不說。楊奈聽著老蘇說，兩人陷入沉思。

正要商量接下來怎麼辦，兩個孩子又跑進來，各找各的懷抱倚，還互相做鬼臉、伸舌頭。看得出，有了爸爸媽媽，他們一下就輕鬆了，忘記了剛才的打架。

「你不是說讓你媽領你回家嗎？不在這兒上學了。」蘇婉指著楊陽說。

「你還說讓你爸回來呢，跟你奶奶過。」楊陽也指著他。

老蘇有境界，制止了他們。他教育蘇婉：「什麼你媽、他爸的，咱們是一家人。爸爸跟你說過多少遍了，你跟妹妹是一家人，不能總是你我他的。」

「一家人她管你叫叔叔？」蘇婉問。

老蘇一時語塞。

「你還管我媽叫阿姨呢。」楊陽還。

楊奈看著無奈的老蘇，她笑了。電影《紅燈記》裡李奶奶對鐵梅說的：「孩子，你爹，不是你的親爹，奶奶也不是你的親奶奶！」——她也真想這樣唱著給楊陽來一遍，可是不能。雖然沒有對楊陽說過「爹不是你的親爹，奶奶也不是你的親奶奶」，但讓楊陽「懂事兒，多懂點兒事兒」，她是一直這樣教導的。

這時奶奶走了進來，她還手捂右腮，對蘇愛蓮說，她想去醫院。

老蘇說：「娘啊，孩子小不懂事兒，您老，就別添亂了。一個牙疼，消消火兒就好了，這麼晚去什麼醫院呢。」

楊奈這才想起來，東西還沒顧獻上。她把楊陽輕輕挪到一邊兒，去打開那個塑膠袋。老太太看到清爽的絲綢衫，一下有了笑容，她說：「你看看，又花錢。」

「高興就好。中意，心情就好了。」楊奈說，「媽你試試，兩個X呢，如果不合適，我再拿去換。」

老太太真成老小孩兒了，她兩手不再捲著圍裙，也不捂胃摸牙了。拿上衫褲，樂呵呵地去了衛生間，試穿照鏡子去了。

老蘇拉起楊奈的手，說：「還像咱們說過的那樣，倆孩子打架，各管各，不責怪對方。」

「可是，我覺得你媽剛才在責怪我。」

「一個農村老太太，跟她一樣幹啥。」

「花錢行，但是交不透她的心。」楊奈說。

「你這樣說，我可不高興了。你爸，我天天侍候他洗屎尿，他都不認得我是誰，我不也沒怪他？」

楊奈軟了，低頭：「是的，日子就是稀里糊塗吧，這樣長遠。」

晚上睡覺時，老太太安排楊奈和蘇愛蓮住東屋，她跟楊陽，住西屋。蘇婉是男孩，可以睡在客廳。楊奈看著他們一一睡下，老人累了一天，躺下就有鼾聲。蘇婉也聽話，倒下就睡著了。天熱，楊奈把對著蘇婉的風扇調了個晃頭，別對著直吹。楊陽躺下，又起來。楊奈去衛生間，洗她和蘇婉的衣服。楊陽抓著媽媽的胳膊，說：「媽，我想跟你睡。」

楊奈為難地看著手中的泡沫，房子小，她和女兒一床，蘇愛蓮睡哪兒呢？

剛要張口，楊陽止住了她，說：「媽媽你又讓我懂事兒是吧？告訴你，我不願意懂事兒，我不想懂事兒。我今晚就想跟你一起睡。因為，你是我的媽媽呀。」

「你是我的媽媽呀」——她說得小貓一樣輕，可楊奈感到石頭一樣重。

兩手上泡沫都沒顧上擦，兩隻胳膊就深深地摟住了女兒。

早晨，迎著朝陽，迎著灰塵，楊奈又坐到了蘇愛蓮的自行車橫梁上。一夜的蜷縮，她的脖子都歪了，睡落了枕。和女兒擠在沙發，把蘇婉抱去了奶奶的大床。整宿，女兒都是貼著她身的，她感覺到疊摞。不敢動身，怕女兒驚醒。九歲的女孩兒仍有奶味的餘香，她雖然累，全身的骨頭都疼，可是女兒臥在她的身窩兒裡，像又回到了她的子宮。她是累而心甘的。

兩個孩子拐個彎兒就到學校了，他們完全忘記了昨晚的敵我，現在，正像一對兄妹。和他們分別時，他倆頭都沒抬，只揚手說了聲「拜拜」。朝霞映襯著少年，生機、活力、生命成長的美好……。未成年人的世界哭鬧過後還是彩虹。

微風，微塵，坐在橫梁上的楊奈，髮梢又拂到了老蘇臉上。他用牙齒輕輕咬住，說：「昨晚沒睡好，今天早點回家。」楊奈應了一聲。突然，她的手機又響了，掏出來看，是弟弟。還沒等接聽，老蘇說：「這傢伙，你哪是他的姐姐，你成他媽了，有事兒就找你！」

楊奈沒有回嘴，回嘴頂什麼頂呢，她不但是弟弟的媽、楊陽的媽，那天背老父親去醫院，那幫生病的人羨慕父親，說：「這女兒啊，從前說能頂半個兒，現在，頂好幾個。有了管用的女兒，撐起家裡一片天！」

當時楊奈想：「是，我們來到了這個世界，不定哪天，成了所有人的娘！」

「當娘還不好嗎？」她撳通了手機，「喂——」

——寫於二〇一六年初稿

——二〇二一年九月定稿

母親陛下

上帝在亞當身上取下肋骨時，對著她輕輕吹了一口氣。因為這根骨頭將來不僅要當女人，她還要做，母親。

——題引

盤著雙腿的女人左右膝頭各躺著一個嬰兒，嬰兒幾個月大，被包裹得像兩穗玉米，腳對著腳，吮吸母親乳頭。女人瘦小、蒼白，兩隻眼睛占了大半邊的臉，她的丈夫常常嗔她「像個大眼兒燈」！

女人在糊火柴盒，雖然懷裡有兩個吃奶的孩子，她的兩隻手也雀鳥叨食一樣快，剡剡剡，捲好的火柴盒套已經堆成了小山。

盤起的雙膝前是一張小木桌，這木桌孩子們吃飯也兼糊紙盒案板。在桌上鋪著一條小木板，上面一條條的一拃（一扠）長的草紙，汪滿了漿糊，陽光照射過來像一排排琴鍵。女人的雙手比彈鋼琴還快，她都不用眼睛看，就嗖嗖嗖，剡剡剡，捲好了粘有商標的火柴盒套，這是最後一道工序，技術要求高。

它很不簡單，套標上的漿糊要刷得勻，商標要粘得正，如果掌握不好，晾乾後的盒套，會起泡，歪斜，甚至開裂。如果是這樣，她們家的成品盒就降等了，一萬隻火柴盒一等品，有九角五分錢。如果降了二等、三等，就依次少五分，那是她們家一個月的鹽錢。

「全鎮能糊出一等盒的人家，只有李麗。別家送來的，都是七扁八不圓。」——這是盒站吳大爺對她的評價。她叫李麗，正沉浸在自己邊餵孩子還能邊生產的高超手藝中，突然「哎呀」了一聲，用胳膊一撥拉，懷中嬰兒嘹亮地哭起來。她說：「你這孩子，牙還沒長齊，就咬我！」

嬰兒咬了她的乳頭。

嬰孩仰起小臉兒，被母親這一斥，她咧嘴兒笑了。粉嫩的上下牙床，各有一對小白點，那是要出牙了，牙床癢，拿母親的乳頭當磨刀石。加之沒奶，一咬一嘬，疼得女人一撥拉。嬰孩已經習慣了，這個停止了，那個也離開乳頭仰起臉，她們看著兩隻眼睛燈一樣的女人。這是一對不足月的雙胞，一個叫大智，一個叫小慧。大智更愛母親，同樣沒奶，同樣磨牙床，她就從來不咬母親，而是試探性地、輕輕地上下牙對一對。那一對，讓日後的母親，和她建立了格外的交情。

李麗剛剛四十出頭，從哈爾濱嫁到鐵驪鎮，因為愛著，四十歲了還沒有停止生育。她是個經歷了兩個朝代的女人，日本人占據這裡時，這地方叫「滿洲」。現在，是共和了，新國家，新政權，鼓勵婦女生育。

短命的偽滿洲，像極了李麗的身世，富貴的好日子，她也是只過了十四年。在她十五歲那年時，養父是個商人，破產自殺，養母帶她來鐵驪鎮避難。這一來，她再就不肯走了。巨富和貧窮對比，她發現貧窮但健康的生活更讓人踏實。劉木林是房東家的侄子，剛剛十六歲，一身好力氣。樣貌和品行更好，因為寄身在叔叔家，每天長工一樣幹活，懂得看嬸子的臉色。城市少女相遇人間悲苦，生起真摯的愛情，劉木林兩手空空，但力氣是財富，真情是財富，他們結婚了。

小夫妻一口氣生下九個孩子，最後這對，還是雙胞。劉木林無父無母，李麗是抱養，一對獨苗兒，此時好像上帝在說：「看，我已償報了你們，你們孤苦無依，現在，我讓你們兒女成群了。好好過日子吧！」

這個從小享盡了奢華的女人，生下了孩子，一下子變成金剛。男人每月的工資，實在不足以填飽十來張嘴，女人無師自通，帶著孩子們糊起了火柴盒。階梯年齡的兒女，成了家庭工廠的童工。女人既是廠長，也兼身先士卒的工人、技術員、指導、督察，有時還像「牢頭獄霸」，比如幹著幹著不願意幹了的小五兒、小六兒，他們像陳勝、吳廣一樣起義了，鬧一場。或者，用剛糊好的盒底圈，互相投擲、挑釁打鬥，這個時候，女人就要能文能武、軟硬兼施，拉架、勸慰、恐嚇——「看你爸回來的，不扒了你們的皮！……」

太硬了不行，會罷工。一味懷柔也不行，那會沒有效率。

她很忙、很累，但日子有奔頭兒。

今天是星期天，孩子們不用上學了，她連哄帶吆喝，把他們從被窩裡叫起來。

北方的夏季，早四點天就亮了，鐵驪鎮接近北極，夏日的早晨空氣都是甜絲絲的。滿族式的民居大平房，前後窗戶打開，炕上地下，兩人一小組，吃飯的圓木桌，是帶兒子和招弟兒的。三胖、四胖，名叫「胖兒」，其實胳膊細得像筷子，他倆一組。小五兒、小六兒，是帶兒子和招弟兒的兵。他們所有人的工作，是負責糊出火柴盒的盒底，裝火柴的那部分。而圈套、粘商標的高端技術，則由女人一個人來完成。他們糊出十萬，她就要捲出十萬的盒套。晾乾捆好，碼成盤，那是父親的業餘。一般業餘時間，這個父親幹家務也兼管教打罵孩子。

只一會兒，幾個人的小手都被漿糊巴住了，有的乾翹起來，招弟兒喜歡撕，她把撕手上的翹巴當樂趣。帶兒子怒斥她快點兒，別磨蹭。

今天每組的任務是一千盒底兒，早幹完早出去玩。小五兒看一眼面前的「小山」，界線已經模糊不清了，那是小六兒搗的鬼。小五兒用手背抹了一下鼻涕，告狀道：「媽，你看呢，六猴子總是那麼賴，他的圈兒底，都搥我這邊兒啦！」

「欠兒、欠兒的就知道告狀！」小六兒好身手，他扔出一個溼圈兒，「咚」，正投在小五兒的腦門兒上。「我讓你告，讓你告。」小六兒比小五兒小兩歲，瘦猴兒樣的他，好戰，總是先動手，溼耷耷的紙盒，沿著小五兒的腦門兒，掉下來，身上的小布衫都弄髒了。小五兒眨巴著眼睛，不還手，顯得悲情。

「小六子，你又手欠，看你爸回來不熟你皮子！」女人吼他。

「熟皮子」就是用皮帶抽，東北男人管教孩子的一種方便刑罰。

看來得歇歇了，孩子們畢竟還小。能哄著大星期天的少玩一會兒，幫她糊出幾千的盒底兒，已是大功。女人把懷裡嬰兒一手夾抱著一個，把她們放到炕上，說：「行了，放放風兒吧，小五兒、小六兒，三胖、四胖，起來放放風兒啦！」

「放風兒」，是犯人們專用的詞彙，在他們家，女人也常這樣用。打鑔解悶兒，是東北這域水土的特點，找樂兒可以消解苦難。

「放風兒去嘍！放風兒去嘍！」小六子「嗖」地第一個跑了出去。

女人顯然是腿麻了，腰也不太直，「兩穗玉米」被她並排放到炕裡，旁邊還躺著一個，是小紅，她「喵」地哭了。小紅缺鈣，兩歲多了還是軟的，站不直；力氣也沒多少，哭起來「喵喵」的。母親說：「小五兒，你哄一會兒你妹妹吧，把她抱到外面去晒晒太陽。」

小五兒是最聽母親話的，他只有八歲，鼓肚兒，細腰，褲子總是掛不住，要一邊吸溜鼻涕，一邊提溜褲子。現在，母親讓他哄小紅，他願意，因為這樣，接下來他可以在外面多玩一會兒了。看孩子，是最好的工種了。

帶兒子不情願地跟招弟抱怨：「放風兒，放風兒，早晚都是那些活兒?!躲過初一躲不過十五！」

「就是的嘛，背著、抱著一邊沉。」招弟兒平時跟帶兒子是兩個陣營的，但在聲討母親生育的問題上，她倆立場一致，都不滿意母親，為什麼生了這麼多？「你能生倒是能養啊，一天天的，讓我們不是看孩子，就是糊火柴盒！沒有這麼多的弟弟妹妹，天天能這麼累？奴隸一樣！」招弟說。

「敢情你們出生了，都來到這世上，吃了，喝了，見識了。她們呢，當然也願意來看看，看看玩玩。」母親總是這樣回懟。

兩個大女兒抱怨母親，可是她們又那麼喜歡弟弟妹妹。這不，手還沒洗的招弟兒，她撲到炕前來，臉快趴到了雙胞妹妹的臉上，用臉輕輕蹭她們的小臉，鼻子頂鼻子。「招弟兒，不洗手就上去，別劃了大智的臉。」帶兄子說她。

「我知道！」招弟兒一拱屁股。

小慧不省事兒，姐姐稀罕她，她吹軍號一樣哭開了，「哇兒哇兒」的——「把孩子招哭了，這下你哄吧。」母親嗔她，同時趁這個間隙，去廁所、喝水，把每組案前的漿糊盒，再填滿。她只有一米五不足的小個子，兩個半大的女兒，都比她高了。生活勞累，可她活得有勁頭兒，嘴上跟兩個姑娘懟著，心裡美著呢。招弟兒特別像她，能唱喜跳，沒有學過芭蕾，可是腳尖一立，在屋子中央能輪起腿跳整段的《紅色娘子軍》。

「小五兒，別把你妹妹摔著了！」女人又叮囑向外跑的小五兒——小五兒一隻胳膊夾著小紅，一手拎褲腰，鬆緊帶兒的條絨褲子，在他腰上總是往下滑。褲子搗亂，鼻涕也多，小五兒像十八世紀邊走路邊提裙的貴婦。

小六兒已經跑出去了，又回來扭頭對媽媽說：「媽你最偏向啦！」

哄孩子是好活兒，女人這樣安排，算對小六子剛才挑釁的懲罰。

「我偏什麼向，小六兒你長得沒個豆兒大，處處顯勤兒，最能搗蛋的就是你。」

「帶兒子，你和招弟兒也精神、精神，好不容易歇一會兒，小慧她們，能玩讓她們自己躺炕上玩。」

「『精神、精神』，光精神有什麼用，好不容易盼個禮拜天，成蹲笆籬子了。」帶兒子嘟囔。

「笆籬子」是監獄的叫法，女人可以自己說「放風兒」，女兒比喻成監獄，她就不願意。她說：「你們有章程，跟你爸使去。你爸在家時，你們咋不敢呢?!」

「我爸？他還不是聽你的！」帶兒子噘著嘴，不理母親了。

兩個丫頭翅膀硬了，不是一前一後拽著她衣襟兒要奶吃的時候了。女人暗自偷笑。丈夫聽自己的，言聽計從，不但叔嬸、叔公生氣，這兩個孩子，自己養大的女兒，也知道爭寵。就說孩子的冠名權吧，劉木林沒文化，他覺得一二三四五，依次排下來叫胖兒就行，聽著也喜興。女人在小名上依了他，大號，可得好好起起。李麗讀過書，還會唱戲，精神世界遼闊著呢。她給孩子們起的大號是：世界、偉大、勇敢、英雄，即劉世傑、劉偉傑、劉勇傑、劉英傑……。女孩們呢，小名叫帶兄子、招弟兒，大名：嫻、雅、靜、慧。——在整個小鎮，都挑不出第二家這樣給孩子起名的。叔公、嬸婆說她「格路」，跟小鎮人不一樣，入了鄉也不知道隨俗。可是劉木林喜歡，他覺得眼前這個老婆，說什麼都新鮮、有意思，他都願意聽。

養了這一幫，快一個加強排了。隊伍不好帶。女人每天的兩隻手，比機器都快，她做飯、洗衣，餵豬、餵雞，懷裡還有一對吃奶的。那雙手搗騰出的火柴盒，變成了帶兄子、招弟兒的學費，三胖、四胖的書包，小五兒、小六兒的「塔糖藥」……。只要一睜開眼睛，哪個地方不用錢呢？女兒的責怪，她不計較；等她們長大了，就知道了。

小六兒去找鄰居百歲兒撞拐。小五兒呢，胳膊下夾著妹妹，出了門就是一片望不到頭的大地，再向前，是一條小河。小五兒慢慢遊走，他聽到了鳥語，看到了野花。鐵驪鎮的春天，大地肥得冒油，蜻蜓在河面點水、柳梢上婷立。一簇簇的蝌蚪，游在河邊，過不了幾天，牠們就長出了四腳，變成青蛙了。

小六兒跑過來了，他讓小五兒也參加他們的撞拐。小六兒不是百歲和黑子的對手，兩方夾擊，他像一根蘆葦，幾個回合就折倒地上。但小六兒頑強，電影上的終結者一樣一次次散架，一次次聚合，站起再撞。現在，他叫小五兒，跟他一夥兒，來對付他們。

小五兒猶豫著把小紅放到了地上，地上有一堆柳樹枝葉，暫當小紅的床。小紅軟得像一個小雞崽兒，撂那兒軟軟的，不敢動。

小六兒催促：「哥，快來吧，沒事，她又不會走。」

小哥倆一起搬起了腿，衝殺。

小五兒的褲腰待不牢，鼻涕也總出來，這影響了他的技術。蜷起腿小青蛙一樣蹦跳不了幾下，就散架兒。黑子他爸是長年打漁的，也賣也吃，黑子的頭皮和臉蛋兒大地一樣黑油油。百歲兒也壯，他爹有殺豬的手藝，他們家一年四季都飄香味。眼前細弱的哥倆兒，完全是在雞蛋碰石頭……。「尿性，牛逼！」小六兒實力不行，嘴上硬，這些火辣語言在他嘴裡瓜子殼兒一樣翻飛……

帶兒子和招弟兒兩個死強的東西還是不洗手，還在那兒哄妹妹玩兒。女人懷裡沒了吃奶的孩子，輕省多了，她快速地收拾、整理，正想催促她們去叫小六兒回來，歇一會兒就行，要開工了。這時，黑子喘吁吁地跑來報告：「劉娘，劉娘，你家小紅沒氣兒啦！」

女人的身影像隻貓，「嗖」地就躥了出去。兩個姐姐，也箭一樣射出。河邊的大地上，小五兒抱著小紅，臉上是眼淚和著鼻涕。小六兒也無聲地在吧嗒眼淚。最先跑來的母親一把搶過孩子，小紅像一隻軟麵袋，脖子軟軟的，可以仰向任何一個方向，她眼睛翻白，嘴上有泥，氣兒一倒一倒的。

「咋啦，咋啦，你們是咋整她啦?!」女人的聲音像鐵器鑗玻璃。

「她可能是吃土了，噎沒氣兒了吧。」百歲說。

兩個姐姐從母親手中接過妹妹，一個抱著，一個拍打。三十年後，她們才知道那叫海姆立克（哈姆立克）急救法，又提腳又倒控，翻著白眼的小紅漸漸有了哭聲。女人撫了一下黑子的頭，說：「多虧這孩子。」百歲兒指著小六兒，說：「這下你尿性了，等著回家挨揍吧。」

一行六人，傷殘的作戰部隊一樣，拖拖拉拉地回了家。女人把小紅的頭臉、身上，洗乾淨了。因為驚嚇、心疼，還有慚愧，她把小紅抱在懷裡，吃了幾口早都不屬於她的奶水。小紅這孩子命大，竟然沒事睡去了。女人小心地把她放下，推到炕裡和雙胞一排，然後用眼睛瞪視著小五兒，說：「讓你好好看著，你可好，差點沒把你妹妹噎死。」

「六猴子讓我把她放地上的。」小五兒分辨。

「好好幹活，將功贖罪。」女人說。

再次把童工們聚攏好，惹禍的擔心，也只是維持了一小會兒，半小時後，他們又幹夠了，小六兒開始捲一個，擲一個，個個都打在小五兒的茶壺蓋頭上。溼稠的漿糊，滴滴答答，小五兒也不擦，就那麼挺著，像個受難的小耶穌。

女人不得不停下手裡的活兒，當裁判。剛要斷案，炕上的嬰兒又嘹亮地哭開了，軍號一樣「哇兒哇兒」的。一個哭，另兩個就都別想消停了。女人趕緊把大智抄起來，塞上乳頭。奶裡已經沒有奶水，聊勝於無。帶兒子和招弟那兒的「楚河漢界」也起糾紛了，中間的盒底小山一樣，巍峨著，三胖、四胖推來推去，都說不是自己的。一方說：「你叫它呀，它答應了我就拿回來！」另一個乾脆抓個稀巴爛，給扔過去了。

「今天的定額看來是完不成了，停工吧。」女人心裡嘆了口氣。「車跑不動了還得加加油，何況一幫孩子。那軟得小雞崽兒一樣的小紅沒有事，已是老天的照顧了。趕緊，都歇了吧。剩下沒幹完的，明天自己貪點黑。」這樣想著，女人大聲說：「不幹了，不幹了，都歇歇，洗手，收攤兒，咱們開演唱會！」

「開演唱會嘍，開演唱會嘍！——」小五兒第一個跳起來，他最高興開演唱會了。每當糊紙盒疲倦，或任務完成得好，大家停下來，開演唱會時，他都把漿糊碗當道具，小丁字步一站，張口就唱〈臨行喝媽一碗酒〉。勞逸結合，是女人治家有方的辦法。帶兒子和招弟兒都秉承了母親的歌喉，場子一打開，人人都爭著唱，一點不扭捏。帶兒子唱的〈社員都是向陽花〉，有動作，有表情，聲情並茂。小五兒就是兒童版的小李玉和。小六兒唱歌跑調兒，他就演獄卒，扯著細嗓子喊：「帶王連舉！」「帶李玉和！」——戲都演穿幫兒了，前後挨不上，屋裡人都被他逗笑。就連炕上的「三穗玉米」，聽他們唱，也都安靜了。她們睜著眼睛，聽這個奇怪的世界。

輪到女人登臺時，帶兒子給母親報幕，招弟兒則坐在一邊，她手上的漿糊還沒有洗，乾巴了一點一點撕，那份揭撕的樂趣，遠大於洗滌。

母親也站成了丁字步，正式演出一樣；今天她給大家唱的是〈黃河謠〉，這首歌大氣、雄渾，旋律高亢中不失悠揚。鄰居黑子和百歲兒，都跑來站在窗戶外聽。女人唱完〈黃河謠〉，又自己報幕，再唱一首〈松花江上〉──「我的家，在東北松花江上，那裡有，森林煤礦，還有那，滿山遍野的大豆、高粱……。」她唱出了眼淚……

在這個家，一幫小人兒的兒童王國，開演唱會、打撲克，是女人的兩大發明。唱一通，嚎一場，人人精神都煥發了，渾身又有了力氣。打一場撲克牌呢，也很娛樂。撲克是女人自製的，她有糊紙盒的功底，糊一副撲克牌，實在雕蟲小技。大小王，J、Q、K，跟真的一樣，甚至，比真的更鮮豔、好玩，小五兒、小六兒常拿它們當玩具。有時休息時母親就領著他們打對家，有輸有贏，贏的免除勞役，輸家要幹家務。打得大家鬥志昂揚，減壓又解乏，還開心。

夜幕降臨時，女人終於累得歪在炕上睡著了。身邊的三個嬰孩，大小不一的「玉米」，也安靜地躺著。外屋的大鐵鍋裡，是稀粥晚飯。父親劉木林背著大花筐回來了，筐比肩寬，比頭還高，他在木材加工廠上班，這個廠是日本人留下的，主要生產木頭。劉木林原本是檢驗員，算幹部。因為幹部的工資低，家裡有十來張嘴，他就自願下到車間，當起了工人。少年時攢下的那把好力氣，像儲蓄的錢一樣，一直在用。可縱是有一把好力氣，步行十幾里，一大筐重物，他進到家門時，也累得喘著氣說不出話了。

大門的後面，有一個半人高的木墩，上面可劈柴，可砸骨頭，白天時，小五還站上去當過舞臺。父親回來，木墩就是他的座兒，巨大的花筐，人向後一委，筐的重量就落在了樹墩上。每次回來，他都累極了，眼睛裡有血絲，嘴角一彎一彎的，是向下。累成這樣，若是哪個孩子再告狀，那一定有一場好打。

此時偏偏小五兒走上來，說：「爸爸，小六兒幹活總要賴，該他的盒底兒，他都推給我了，還拿盒圈砸我。」

男人的火苗騰地一下就起來了。他扔開花筐，他的胳膊都沒看清是怎麼甩的，捆花筐的棕繩，就變成他手中的鞭子了。小六兒要跑，被父親捆小猴子一樣，三五除二，小六兒就動彈不得了。在他「媽呀，媽呀」的哀聲中，母親衝出來，她看到男人滿臉的怒氣，對著地上的小六兒怒吼：「我讓你皮，我讓你們皮！天天給你們掙吃掙喝，還有精神頭兒打仗，真是吃飽了撐的！」

說著，一腳把小五兒也踢了個跟頭，說：「一個巴掌拍不響，你也不是好東西！」

女人來推他說：「你這是在幹什麼呀你，孩子小，嚇唬嚇唬就行了，怎麼還真打！」

男人彎著嘴角，兩邊的嘴角彎來彎去，那是他怒火未平息的象徵。女人抓他胳膊向屋裡擁，說：「趕緊先吃飯，下班這麼晚怪累的。」

男人進屋時還回頭命令：「你們倆，都別吃了！餓著，外頭哭去！」

待男人吃完，女人悄悄出來，把他們領回屋，端飯給他們吃。

鐵驪鎮到處是木頭，三間的大平房，房頂是木頭的，椽子、檁子，都是百年獨根紅松。三大間，兩頭居住中間燒飯，這是滿族人的習慣。東西屋裡還有南北炕，南炕睡丫頭，北炕睡小子。東邊的大屋，是李麗和劉木林，身邊躺著雙胞，和缺鈣老也長不大的小紅。小的身邊養，大了挪升西屋，丫頭南炕，小子北炕，中間簾子隔開。

月亮升起來了，皮實的小六子，似乎忘了那頓打。他和小五又臉對臉，膝蓋抵膝蓋，玩起石頭剪子布。他們在賭明天，誰輸了，負責去黑子家，整兩條魚。家裡除了包穀餅子，就是稀粥，實在沒油水。

小五兒出了剪子，小六兒就把布迅速合成拳頭。小五兒說他又賴了，後變的！小六兒賭咒，說：「誰後變誰是大姑娘！」

他倆的爭執把三胖、四胖也攪進來，話題沿著大姑娘探討起來。百歲的姐和黑子他哥，大姑娘和大小子，好像在搞對象。男女關係，搞對象就有小嬰孩……。他們想到了自己的妹妹，爸媽兩個人，住著那麼大的一間屋子，隔一陣兒，就出來一個孩子⋯⋯。他們老是插著門，不知裡面幹什麼。「要不，咱們看看去？」

月亮升得更高了，東屋的門上鑲著四塊玻璃，裡面掛著布簾兒。簾兒的四周有縫兒，側趴著看，稍能看見。小五、小六，三胖、四胖，四顆小腦袋挨錯著，趴到了四條玻璃縫兒上。

媽媽說：「不是我說你啊，林子，都是自己的孩子，你下手也太狠了。那小六兒，才多大呀，你還綁他，嚇壞了咋辦？」

「半大小子，正皮呢。不狠狠整治，家裡欺負他哥小事兒，出了門，招災惹禍，等進笆籬子就晚了。」

「小六子沒那個膽兒，我養的孩子我知道，他就是皮點兒。」

「唉，今天真給我累著了，兩班沒歇，小犢子又不聽話，我這火兒就憋不住。」

「消消氣，消消氣。」母親的手撫到了父親的胸膛上。小小的巴掌，父親接過來，只有他的掌心大。

「那啥，我說，這個月，你說我領這幫孩子糊了多少盒兒？」

「多少？」

「快二十萬了。如果糊出二十萬，就能有近二十塊的進項。這快過年了，孩子們也都換換衣裳，吃點好的。你看小五兒，瘦得肋條骨都能看見。」

「嗯，老婆能幹。」男人攥緊了那隻手，正要翻身，女人推了他一下，接著說：「如果能一直保持這個量，或使使勁兒，再冒冒高兒，明年，你也別這麼累了，還回機關，當幹部。幹部輕省。這苦大力，雖說掙得多點兒，可太危險。」

「也是，今天早上，大王還被躥堆的木頭給砸了呢，肯定癱巴。」

「唉，那一家人可咋活，也是八九個孩子吧？」

「不少。聽說他老婆可窩囊了，家裡埋汰話是豬窩兒似的，哪有你能幹！」男人說著，再次要翻身，大手攥著小手。女人說：「都累一天了，你不累呀？」

「這樣累才解乏呢！」

四隻小腦袋變成了六隻，帶兒子和招弟也來了。四格窗戶縫兒不夠用，他們是誰「媽呀」了一聲——招弟兒摁了小五兒的頭。

「小犢子們才多大呀，就跑來聽你爹的聲兒！」——父親大聲地起來，喝斥，六人鞋子都跑掉了……。父親笑罵：「小兔崽子們！」

春花開過，秋葉落過，冬雪飄過，帶兒子她們長大了。小五兒、小六兒，小紅，及那對雙胞嬰孩兒，都長大了。帶兒子和招弟兒都嫁到了外省，三胖成為團幹部，四胖成了廠長，他倆都長成了名副其實的胖子。小五兒愛文藝，小六兒成了商人。小紅的軟骨病，也好了，長得婷婷玉立。母親唯一糟心的，是我，我就是那個叫大智的雙胞，隨著年齡，我是只長身體不長腦子，弱智。我不能獨立，不能工作，一直在母親身邊。鄰居小孩兒叫我傻子，母親不嫌棄我，她說：「大智是天才。」那時電視上有個叫舟舟的男孩，會指揮。母親說：「大智會畫畫，比舟舟聰明。」

我每天，就是趴到桌前，寫，畫，天空、大地、母親、樹。老樹像一篷大蘑菇，枝條、枝杈被我寫上了帶兒子、招弟兒，三胖、四胖，小五、小六……還有我自己。母親說「大智一點不傻」，她經常跟我提起我躺在她的腿上，用沒出牙的牙床咬她。她說這話時，我說：「你們還開演唱會呢，唱歌兒，打撲克。」

母親看我的眼神兒有點驚駭。

現在的生活，已經非常好了。哥哥姐姐常往家寄錢，父親退了休還兼著另一個廠的監理。我和母親沒事時就打撲克、對賭、畫畫。撲克是母親給我做的，上面的畫，都是我畫。時光過得很快。突然有一天，父親中風了，不抽煙、不喝酒的父親，怎麼會中風呢？小五兒、小六兒都非常孝順，他們馬上回來，在外省都小有勢力，開著賓士、皇冠，拉上父親直奔北京。

最好的醫院，最及時的治療，父親化險為夷。

回返時，一輛小房子樣的大車，把父親和輪椅一起抬出來。小五兒怕父親受涼，給他的頭上臨時圍上漂亮的花格子枕巾。車的後廂門打開時，父親臉上是劫後餘生的淚汪汪的笑，我突然說：「阿拉法特！」

——我記得電視上流亡的阿拉法特，就是這般模樣。

母親和哥哥們都笑了。

「阿拉法特，爸！」我再叫。

「傻孩子。」母親摟過我。

母親年老時，她皈依了薩滿。養父母家長大，一生都沒弄清楚自己身世的母親，離去時薄得像一片樹葉。在我們鐵驪鎮，篤信薩滿的人是很多的，薩滿教中關於命運的輪回，原理像拓版一樣，一輩兒一輩兒的，都在拓前人。但在我們家，這個傳拓似乎被打破了，母親的一生都是在寵著她的男人中過活，可是招弟兒離婚了，小紅也正陷婚姻的泥淖，小慧在國外，已經說終生丁克。大姐帶兄子看著江山穩固，其實那是她用當牛做馬換來的。幾姐妹的婚姻都跟母親完全相反，薩滿教的那個神祕傳承，輩兒輩兒往下拓，我是嚴重不同意的。因為母親的心一生都是快樂的，丈夫、孩子，那是她的國，而她就是那國中的王……

——二〇二二年冬修訂於石門

——二〇二四年春再校

貓空－中國當代文學典藏叢書21　PG3075

母親陛下
——曹明霞中短篇小說集

作　　者	曹明霞
責任編輯	邱意珺
圖文排版	陳彥妏
封面設計	李孟瑾

出版策劃	釀出版
製作發行	秀威資訊科技股份有限公司 114 台北市內湖區瑞光路76巷65號1樓 電話：+886-2-2796-3638　傳真：+886-2-2796-1377 服務信箱：service@showwe.com.tw http://www.showwe.com.tw
郵政劃撥	19563868　戶名：秀威資訊科技股份有限公司
展售門市	國家書店【松江門市】 104 台北市中山區松江路209號1樓 電話：+886-2-2518-0207　傳真：+886-2-2518-0778
網路訂購	秀威網路書店：https://store.showwe.tw 國家網路書店：https://www.govbooks.com.tw
法律顧問	毛國樑　律師
總 經 銷	聯合發行股份有限公司 231新北市新店區寶橋路235巷6弄6號4F 電話：+886-2-2917-8022　傳真：+886-2-2915-6275

出版日期	2024年12月　BOD一版
定　　價	320元

國家圖書館出版品預行編目

母親陛下：曹明霞中短篇小說集/曹明霞著. --
一版. -- 臺北市：釀出版, 2024.12
面；　公分. -- (貓空-中國當代文學典藏叢
書；21)
BOD版
ISBN 978-626-412-022-7(平裝)

857.63　　113016177